異世界で
もふもふ
なでなで
するためにがんばってます。16
向日葵 ill.雀葵蘭
JN008925

「ちょっとだけ翼を触ってもいいですか？」

「構わないぞ?」
リーファ
イクゥ国の獣王
鵬《ほう》族の獣人

「獣王様が歌って……いや、これはさえずりだ！」

異世界で
もふもふ
なでなで
するためにがんばってます。16
向日葵 ill. 雀葵蘭

《目次》

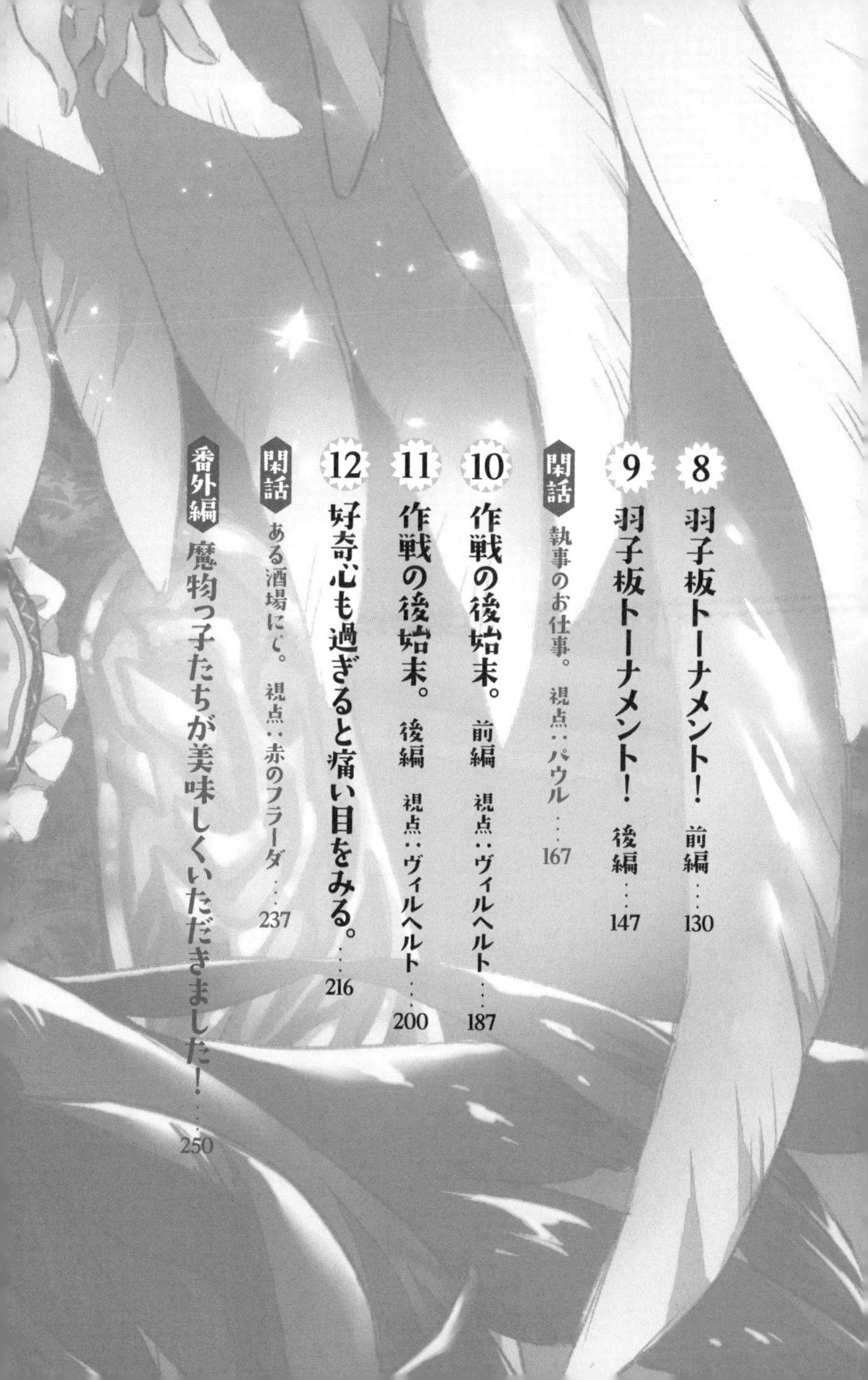

1 また仲間外れにされてる？

ルノハークを一網打尽にしたあと、進展があれば報告してくれるだろうと思い、私はダオとマーリエと遊ぶことを優先した。

とにかく、依頼した玩具が完成するたびに、遊びまくった。

気づけば、イクゥ国の獣王様がやってくる日ももうすぐだ。

……報告が一度もないとはどういうこと？　私、仲間外れにされてたりする⁇

陽玉《ようぎょく》のテレビ電話で、たまにガシェ王国にいる家族とも話をするが、パパンもお兄ちゃんも捕まえたルノハークの話題はいっさい出さない。

これは怪しい！

しかし、この感じだと、私がお願いしてもパパンやお兄ちゃんは素直に話してくれないよね？

ヴィはもっと話してくれないと思う。

となると、今回の作戦の関係者で口が軽そう……じゃなかった、私に協力してくれそうな人は……。

その人物を思い浮かべ、私は早速面会を申し込む。

最初は手紙にしようかと思ったが、精霊にお願いすることにした。そっちの方が早いからね。

「時間が空いたら迎えを寄越すそうだ」

相手からの返事を森鬼が教えてくれた。

お迎えがくるなら、お部屋で大人しくしているか。

魔物っ子たちと遊ぼうと、部屋を見回す。

星伍《せいご》と陸星《りくせい》は宮殿探索に行っているのでおらず、海《かい》はパウルに連れられて外出中。ウルクは紫《し》紺《こん》と一緒に窓辺で日向ぼっこ。青《せい》は水浴び……というか、魔物っ子たちの水飲み場に浸かっている。白《はく》と葡萄《ぶどう》は……姿が見えない⁉

「森鬼《しんき》、白と葡萄を知らない？」

白も一人でお出かけすることがあるので、葡萄を連れて遊びにいったのかもしれない。

そう思っていたのに、森鬼は予想外の答えを放つ。

「上だ」

森鬼の指差す先は天井。天井にシミらしきものが……って、シミじゃなくて白と葡萄が張りついているのか‼

小学生のときに男子がやってたなぁ。玩具のスライムを全力投球して天井に貼りつけるの。そして、授業中に落ちてくるまでがお約束！

「……何やっているの？」

「どちらが長く張りついていられるか競っているそうだ」

いやいや、白と葡萄だけじゃなく、グラーティアもいるんだけど？　どう考えても、グラーティアが優勝だよね？　だって蜘蛛だもん！

「三匹とも、気をつけて遊ぶんだよー」

「みゅぅぅ！」

「ぷみぃぃ！」

器用に張りついたままお返事をする白と葡萄。その声は楽しそうだ。きっと、スライムにしかわからない楽しさがあるのだろう。

さて、残るは稲穂《いなほ》か。

「稲穂ー！　どこにいるのー？」

キャットタワーもどきのトンネルを覗いてみる。

稲穂はよく食後にここで休んでいることが多いんだけど……いないなぁ。

この部屋にいないなら、寝室にいると思って向かうと、ちょうどスピカがベッドを整えているところだった。

「スピカ、稲穂を見なかった？」

「いえ、こちらには来ていませんけど？」

寝室にいないとなると……朝ご飯が足りなくてキッチンでおやつを探しているとか？

パウルに怒られるようなことをするとは思えないが、キッチンを覗いてみる。やっぱりいないなぁ。

応接室、浴室を探すも見つからず……。

意図せず、稲穂とかくれんぼをしている感じになってしまっているけど、こうなったら絶対見つけてみせる！

「あと、稲穂が隠れそうな場所は……」

使用人の私室はスピカと森鬼に確認してもらったが空振りで、探していない場所がもうない。

ソファーの下やベッドの下など、稲穂が好む薄暗い場所をもう一度、念入りに探してみたがいない。

となると……まさか、黙って外に出ていったのか⁉

変な噂が流れたおかげで、宮殿を出歩けるようになったとは言え、キュウビに怯える人はまだたくさんいるだろう。

「ネマ様」

外に探しにいこうかと思案していると、スピカが小さな声で私を呼んだ。

笑いを堪《こら》えているような、ちょっと締まりのない顔をしているスピカの様子を見てピンと来た。

「稲穂を見つけたのね？」

「はい。眠っているみたいなので、しーってですよ」

スピカに案内された先は、普段私が入ることのないリネン室だった。

リネン室とその隣の倉庫は、居住空間から見えないようにされているので、すっかり失念していた。

スピカがそーっとドアを開ける。

スピカの後ろから中を覗いてみると、棚にはシーツやタオルが整理整頓されて収納されているのに対し、床には籠が転がっていて、くしゃくしゃのシーツの山があった。

その隙間からちょびっとだけ出ている尻尾……。

誘惑に負けて、尻尾の先を指でちょんちょん。

すると尻尾は、指から逃げるようにシーツの中に隠れてしまった。ちょっと残念。

起こすのも可哀想なので、稲穂が起きたら部屋に戻れるようドアを開けっぱなしにしておく。

「私が新しい敷布を取りにきたときに扉を開けたままにしていたので……」

部屋に戻ると、スピカが申し訳なさげに説明してくれた。

スピカに見つからずに忍び込むとは、稲穂、やりよる！

だが、稲穂がいるとは知らないスピカは、用事を終えるとドアを閉めた。

リネン室に閉じ込められた稲穂は助けを求めるよりも、まず遊ぶことにしたのだろう。

使用済みのシーツなどが入った籠を倒して中身を引っ張り出し、寝転がったり潜ったりしていたと思われる。そして、遊び疲れてそのまま眠ってしまったと。

遊ぶのはいいけど、閉じ込められるのは危険なので、しっかり注意しなければ！

そう意気込んだ瞬間——ボテッ！

「うぇっ⁉」

「ぷみっ……」

突然頭の上に落ちてきた何かの正体は葡萄だった。

まだまだ幼い葡萄には、長時間張りつくのは難しいようだ。

頭の上の葡萄を回収し、もみもみしながらたくさん褒める。

「がんばったね。葡萄ならもっとすごいこともすぐできるようになるよ！」

忘れがちではあるが、葡萄の競争相手だった白は一度進化をしている上に、親スライムになれる個体である。つまり、能力差があるのは当然だろう。

「みゅぅぅぅ……みっ⁉」

白の鳴き声はどこか不満そう。

気になったので天井を見上げて、白を視界に捉えたと思ったら……どんどん大きくなって……ベチャッと私の顔面に張りついた。

衝撃はたいしたことないし、ひんやりぷにぷにで気持ちいい。

「みゅ……みゅみゅぅ」

私の顔面に張りついたまま、白は波打つような動作をする。

「うっかり落ちたらしい。珍しく恥ずかしがっているな」

森鬼が通訳してくれたけど、この波打ちは恥ずかしさを表現していたのか！

って、それよりも！　ずっと張りつかれていたら息ができんわ‼

いまだうねうねと波打つ白を片手でむぎゅっと捕まえて、勢いよく剥がす。

「ぷはぁぁー！　空気が美味い！」

思いっきり新鮮な空気を吸い込み、何度か深呼吸して息を整えた。

「白、私の顔に張りつくときは、鼻と口はふさがないように！」

私の命に関わるからね。

「みゅっ！」

白が体から触手のようなものを一本出すと、真っ直ぐ上に伸ばした。

挙手……じゃなくて、了解って意味かな？

他のスライムたちが合流してから気づいたことがある。

白は他のスライムと比べて、ボディーランゲージでの表現が多い。

森鬼の通訳に頼らずに、自力で伝えようとしてくれているのであれば嬉しいな！

とりあえず、その伸ばされた触手もにぎにぎしておく。

なんか、わらび餅食べたくなってきた。白がわらび餅に似ているせいだな。きな粉をかけたら、美味しそうな見た目になりそう！

「み、みゅぅぅ……？」

白はゆっくりと手のひらの上を移動し、ぴょいっと飛んで、森鬼の方へ転がっていった。

「あれ？」

「主の目が怖いと怯えているぞ」

森鬼はそう言って、白を掬い上げると肩に乗せる。心なしか庇っているように見えるのは気のせいだろうか？

「なんで⁉」

いつぞやも星伍と陸星に怯えられたし……って、あれは興奮した私が悪いのだけど。そんなに

怖いオーラ出してる？

「……あれは、獲物を見る目だった」

わらび餅を連想して、美味しそうって思ったのがいけなかったのか！

「別に白を食べようとしたわけじゃなくて、白みたいな感触のお菓子があったらいいなぁって思ってただけだから‼」

こっちの世界、料理もお菓子も美味しいけど、お菓子はとにかく焼き菓子が多い。

これは魔法があることと関係しているのかもしれない。

我が国でもライナス帝国でも、火属性持ちの料理人がいい料理人の条件だと昔から言われている。

もちろん、他の属性の料理人もいるけど、そのほとんどが属性に合った料理専門の人だ。水属性なら冷製料理、土属性ならパン職人といった具合に。

しかし、もっと冷たいお菓子があってもいいのでは？

わらび餅まではいかなくても、寒天のように固まる成分を持つ植物とかあれば冷たいお菓子の種類を増やせると思う。

「主、こんなぐちゃぐちゃするものを食べたいのか？」

森鬼は驚いているような、ドン引きしているような、なんとも言えない表情をしていた。

「ぐちゃぐちゃじゃなくて、ぷるぷるね！」

なんとも食欲が失せる表現を即訂正する。

そして、ぷるぷるゼリー系お菓子の素晴らしさを力説しようとしたら、今度はグラーティアが目の前に現れた！

お尻から糸を出し宙ぶらりん状態なのに、真っ直ぐ下りてくるのを見て、さすが蜘蛛だなぁと感心する。

グラーティアは私の目の高さで止まり、カチカチと牙を鳴らしたあと、突如として回転し始めた。

「ちょ……グラーティア⁉　目が回っちゃうよ？」

グラーティアが奇妙な行動をするときは、大抵テンションが上がっているときだ。

もしかしてこれは……勝利の舞い⁉

白と葡萄に勝ったことが嬉しいのはわかるが、そんなに回転したら糸が切れたりしない？

蜘蛛の糸は用途によって強度や粘度が異なるそうで、ぶら下がるときの糸は命綱でもあるため一番丈夫だとされている。

まぁ、大丈夫だと思うけど念のためにグラーティアをキャッチできるよう、両手を構えた数秒後――ポテッとグラーティアが落ちてきた。

ほら、言わんこっちゃない！

しかも、目を回してしまったのか、脚の動きがぎこちなくなっている。

「グラーティアは具合がよくなるまでお休みです！」

そう言って、グラーティアを私の肩に移す。グラーティアはよろよろとした動きで、髪の中に入っていった。

元気になったらグラーティアにも注意をしないといけないな。

グラーティアの糸がどうなったのか気になり、天井を見上げる。目では視えないけど、糸はまだ天井から垂れ下がっているはず。

その糸を見つけようと腕を伸ばして振ってみるも、手の甲とか露出している部分に触れない限りわからないことに気づく。

……これは、忘れた頃に顔に糸が張りつくパターンでは？

突然、顔面になんとも言えない感触がして、うぇっうぇって顔の前で手をバタバタさせることがよくある。街路樹の下やアパートの階段を通るときなんか特に。そして、周りを見回すと、思いのほか近くに大きな蜘蛛の巣があって、ビビってダッシュで逃げる。田舎あるあるだよね。

一本だけとはいえ、森鬼やパウルは身長もあるからこの罠に引っかかりそうだなぁ。

……うん、放っておこう！　パウルが引っかかったらどんな反応するか見てみたいし！

そのときを想像してニマニマしていると、森鬼が何かに反応した。

「来たみたいだ」

森鬼の視線の先には、リビングの隅にある魔物っ子たちの水飲み場。

お姉ちゃんに作ってもらった、美味しい水がいつでも出てくる器タイプの魔道具が置いてあるのだが……青が気持ちよさそうに浸かっているね。

その美味しい水からぽこりぽこりと泡が立っていると思ったら、大きな塊が現れた！

「ユーシェ!?」

「うきゅぅぅぅー……」

なんつーところから登場しているんだ!?　水が吹き出た勢いで、青が飛ばされていったんですけど!!

せめて浴室とか、水がある場所は他にもあるだろうに……。

急に現れたので驚いたが、森鬼が言っていたお迎えはユーシェのことだったようだ。

青の救助は森鬼に任せ、私はユーシェに抱きついて歓迎を伝える。それなのに、ちょっと激しめに鼻を鳴らされた。

その理由を、精霊経由で森鬼が教えてくれる。

「早く行こうと言っているらしい」

「わかった！　じゃあ、行こう！」

スピカにお出かけすることを告げると、護衛が森鬼だけなのを心配された。

「ウルクも連れていった方が……」

「大丈夫だよ。宮殿の中からは出ないし、ユーシェもいるから」

ウルクは、ソル以外の聖獣には反応がよくないんだよね。警戒と怯えが半々って感じで。

ユーシェがいるので、ウルクにはお留守番してもらうつもりだ。

それに、白と葡萄もついていく気満々なので、護衛として頑張ってもらおう。

ちなみに青は、森鬼に救助されたあと、いそいそと水飲み場に戻っている。どうやら、お気に入りの場所のようだ。

「じゃあ、スピカ。お留守番よろしくね！」

「はい！　お任せください！」

　スピカに見送られ、背中に私を乗せてたユーシェはカッポカッポと常歩《なみあし》で進む。

　宮殿の廊下で乗馬をするという異様な光景……ではなく、ライナス帝国の宮殿ではたまに見られる。

　皇帝が青天馬《せいてんば》と契約することが多いため、宮殿の廊下も青天馬のサイズを考慮した造りなのだ。

　目的地に到着するまで、私がやることは一つ！　ユーシェの感触を全身で堪能するのみ‼

　何度体験しても不思議な水の触り心地。水特有の不安定な感じはいっさいなく、絶対に割れない水風船が存在したら、こんな感触なのかもね。


　というわけで、到着したのは陛下の執務室！

　ルノハーク生け捕り作戦後の経過を把握していて、なおかつ私に話してくれそうなのは陛下しかいないと思い、精霊経由で押しかける許可をもらったのだ！

　警備している警衛隊員が扉を開けてくれたので、お礼を言ってそそくさと中に入る。

「へいか。お時間をくださり、ありがとうございます」

「気にしなくてよい。私とネフェルティマ嬢の仲だ」

　仲……友達っていう意味じゃなくて、聖獣の契約者同士っていう同族的な意味かな？

なんにせよ、急に会ってお話ししたいってわがままを聞いてくれるのはありがたい。

応接セットのソファーに向かい合って座り、私は早速切り出した。

「遺跡での作戦以降、何も知らされていないのですが、へいかは理由をごぞんじですか？」

「あぁ。その件か」

私の質問を聞いて、陛下はどこか安堵した様子。もしかして、別で隠し事があるのかな？

私の怪訝《けげん》そうな顔に気づいた陛下が、ふわりと微笑んだ。

「君のことだから、獣王に会わせて欲しいとお願いしてくるだろうと思っていたのだ」

「……そんなことしません！」

さすがの私でも、紹介されていないのに押しかけるような真似はしないよ！

国賓が来る場合、通常は皇族や王族がお出迎えする。

私がライナス帝国に来たときに、ルイさんがお出迎えしてくれたようにね。まぁ、ルイさんは遅刻したけど……。

「なに、歓迎の宴ですぐに会える」

イクゥ国の使節団が到着して二日後に開催される予定の宴。ライナス帝国内の主要貴族はもちろん、私とお姉ちゃんも招待されている。陛下はそこで、私を獣王様に紹介するつもりのようだ。

「はい！　楽しみにしています！」

獣王様がどんな動物の特徴を持つ種族なのか、私はまだ知らない。

スピカが集めてきた情報によると、とっても尊い種族なんだって！

「では、本題に戻るとしよう」

陛下はそう言って、先ほどの質問に答えてくれた。

作戦後の情報が何も知らされない理由はいたって簡単。まだ報告できることがないからだってさ！

「報告できることがないって……信じられません！」

創聖教《そうせいきょう》のお偉いさんを捕まえておいて、一つも情報を得られてないなんてことはないでしょ！

捕まえた人もあんなにたくさんいるのだから、一人や二人、幹部クラスがいるだろうし。

「あれだけの人数を一度に捕まえたのだ。奴らの身元を調べるだけでも一苦労だろう」

陛下は尋問の手順を事細かに説明してくれた。

相手が協力的であれば、嘘をつかない、真実を話すなどの文言を入れて名に誓わせる。

だが、当たり前だけど、ほとんどの者は素直に吐いたりしない。

だから、暴力的手法を使って名に誓わせたり、質問に答えさせるわけだ。

そうやって聞き出したものが正しいものなのか、情報の精査が行われる。

まずは身元。貴族または貴族に連なる者であれば、国の記録と照らし合わせる。いわゆる戸籍みたいなやつだね。

平民は各組合に問い合わせる。

よほどのことがない限り、組合と関わらずに仕事はできないからだ。お店側は従業員名簿を組合に提出しなければならない規則があるので、ただの雇われでも組合の管理下にある。

そして次はルノハークに関して。

彼らの証言が一致するか、役割で違いがあるのか、過去に捕まえたルノハークの証言と矛盾がないかなど、一つ一つ確かめなければならない。

それと同時に彼らの家族の有無、どこに住んでいるのか、周辺住民への聞き取り、交友関係など、調査内容は一人を調べるだけでも多岐にわたる。

ガシェ王国やライナス帝国の者なら比較的調べやすいだろうが、少数だがイクゥ国や小国家群の者もいるらしい。

戸籍みたいな制度を導入している国であれば、協力をお願いして調べてもらうことも可能だろう。

しかし、小国家群の中には、戸籍制度がない国がいくつか存在する。

また、国土の大半が長らく天災に見舞われていたイクゥ国は、その混乱で戸籍制度が機能していないことが予想された。

つまり、情報部隊の騎士たちが現地に赴《おもむ》いて調べなければいけないってことで……。

やることが多すぎて、報告ができるほど情報もまとめられていないというわけか。

「私の方からも、応援としてエルフの部隊を送ったのだがね」

我が国でも、情報部隊や獣騎隊も駆り出されているかもしれない。それでも追いつかないのだろう。

ヴィにこき使われすぎて、騎士たちが倒れないといいけど……。

「私の方に上がってきた報告の中で、一つ面白いことを教えてあげよう」

陛下には報告がいっているのかと思ったけど、ライナス帝国軍が協力しているのだから、報告されるのは当然か。

「捕まえたルノハークのうち、半数近くが帝国民だった。そして、ガシェ王国の者は貴族や傍系出身の者が多かったのに対し、帝国民は平民が多かった」

陛下はさらに続ける。

ガシェ王国出身のルノハークは全員が五年以上活動をしており、対するライナス帝国出身のルノハークは三年未満の者ばかりだと。

「つまり、ガシェ王国側のルノハークは、おとう様たちから運よく逃れられた者ばかりということですね」

ガシェ王国でルノハークの一斉摘発を行ったのは、私が女神様の力で眠っているときだったので詳しくはわからない。

でも、我が家の優秀な使用人たちの網にも引っかからないって、ルノハークとしての活動を隠すのがとても上手い人たちだったのだろう。

「帝国出身のルノハークに新参者が多いのはどうしてでしょう？　三巡ということは、創聖教が悪いことをしていた事実は広まっていたはず……」

貴族の幼い令嬢――つまり私を誘拐し、人身売買に関わっていたことは、ガシェ王国が正式に発表している。

その話はガシェ王国内だけに留まらず、大陸全土に伝わっていると思っていた。

「知ってはいただろうが、他国での出来事だ。ほとんどの者が自分とは関係ないと考えているよ。それに、彼らがルノハークに参加した理由は別のところにある」

陛下曰く、ライナス帝国出身のルノハークは国に対して強い不満を抱いているらしい。

それを知らしめる手段として、怪しい組織に身を投じたと……。

「聖主の目的はライナス帝国じゃないのに？」

「人がすべての種族の上に立つ。それがライナス帝国内にも定着したらどうなると思う？」

「うーん、自分の方がえらいんだと、他の種族にひどいことをする人が増えるのではないでしょうか？」

私の答えに陛下は深く頷く。

「エルフを通じて精霊の力を搾取し、獣人たちは過酷な労働……最悪、戦《いくさ》に連れていかれる可能性もある。その結果、苦労せずに美味しい思いができる、と考えた者が他種族を支配しようとするだろう」

私は前世で受けた歴史の授業を思い出した。

古代から近代に至るまで、同様のことがあちらこちらで行われていた。巨大な農園や鉱山、建築現場などの過酷な状況下で労働を強《し》いられる奴隷制度。そのほとんどは弱者から搾取し、支配階級の者だけが大きな利益を得る。

「ですが、反発も大きいのでは？　エルフや獣人が集団でおそってきたら人は勝てないでしょう？」

　このラーシア大陸にあるほとんどの国に身分制度があるとはいえ、種族による差別はよくないとされている。よくないとされているだけで、差別がないわけではないが……。

　だけど、ライナス帝国は複数の種族や民族が集まってできた国だ。そう易々と人間の横暴を許すことはないだろう。

「あぁ。我が帝国のエルフ族と獣人たちは腑抜けではないからね。人への反発が高まれば、人対他種族の大きな戦に発展する。それはライナス帝国だけに留まらず、大陸全土へと拡がる。人が勝てば聖主の目的は達成できるし、負けても大陸中が疲弊《ひへい》していれば、ルノハーク側が状況を覆《くつがえ》すことは容易だ。ネフェルティマ嬢という、創造主の愛し子がいればなおさらに……」

「他種族の多いライナス帝国に不和を起こすために、ルノハークは平民を組み入れたと？」

　私は最初、創聖教がお金を得るために戦争を起こそうとしていると思っていたけど、聖主にとって戦争は目的を達する工程の一つにすぎないのかもしれない。

　陛下が言うように、戦争は民も国も疲弊させる。

　私自身は戦争を経験したことないし、殺傷能力のある武器を用いた戦いを目《ま》の当たりにしたのはこちらの世界に来てからだった。

　ただ、前世は多くの戦争が実際に起こり、それを題材にした映画や小説などたくさんある。

　戦争のことは教科書の内容くらいでしか知らない私が、口コミの評判のよさに惹かれてある戦争映画を観た。

結果、私は最初から最後まで泣きっぱなしだった……。主人公が背負っている背景の重さに涙し、ストーリーが進むにつれ次々と戦死していく仲間たちに涙し、最後は仲間を生かすために自ら命を犠牲にする主人公。

もう号泣。なんでみんな生き残れたハッピーエンドじゃないの⁉　主人公、お前が死んだら、生き残った仲間はずーっと心に傷を負うんだぞ‼

その映画は名作と呼ぶに相応しいとは思うけど、私にとっては戦争の悲惨さを焼きつけた、忘れられない映画になった。

それ以降、戦争映画に苦手意識を持つようになったのは仕方ないと思う。

今、映画の内容を思い出しただけでも涙が……。

「ネフェルティマ嬢⁉」

突然泣き出してしまった私を見て、陛下が驚く。

「戦は……誰も幸せにならないです」

きっと、聖主だって幸せにならない。

「ネフェルティマ嬢、安心しなさい。私たちが絶対に戦を起こさせない。それが皇帝の役目だからな」

凄く真剣な眼差しで告げる陛下。

陛下の言う私たちには、ライナス帝国の皇族だけでなく、他国の王族たちも含まれているのだろう。いざというときは、他国の王族を従わせてでも戦争を回避するぞと。

ラーシア大陸で、もっとも長く続く国だからこその威厳のようなものを感じる。

それに……と、陛下は少し相好を崩して言葉を続けた。

「あちら側はあの手この手で我が帝国にちょっかいをかけているようだが……上手くいっていないようだよ」

陛下曰く、私のおかげで防げたものもあったらしい。

身に覚えがないのだが？　陛下の勘違いではなかろうか？

「ネフェルティマ嬢が安心して暮らせるよう、聖主は必ず捕まえる。私たちに任せておきなさい」

これは、余計なことをするなと釘を刺されているのかな？

とはいえ、捕まえたルノハークの情報も下りてこない状況では動きようがないけどね。

でも、その理由もわかったし、私は大人しく獣王様の来訪を待つとしよう！

私は陛下にお礼を言って、執務室をあとにする。

ちょうど入れ替わるように、書類を抱えたサリアスさんがやってきた。

「二の姫様、久方ぶりにございます。陛下の仰《おっしゃ》っていたお客人は、二の姫様でしたか」

陛下の側近であるサリアスさんは、ちょーっと子供嫌いなようで、いつも私に対して当たりが強い。

けど、今日は声に元気がない。

「サリアス様、ずいぶんとお疲れのようですが大丈夫ですか？」

「問題ありません。イクゥ国の一件が落ち着くまでですから」

サリアスさんがイクゥ国使節団を迎える責任者なのか。じゃあ、今が一番忙しい時期だよね。

「お忙しい中、へいかのお時間をいただきありがとうございます。サリアス様もご無理はなさらないでくださいね」

「お気遣い感謝いたします」

お互い、社交辞令的な会話を交わして別れる。

帰りはユーシェがいないので、のんびり歩いて帰っていると、宮殿の雰囲気がいつもと違うことに気づいた。

どうやら、イクゥ国使節団を迎え入れる準備が着々と進められているようだ。

2　宴の前に……。

イクゥ国ご一行が来訪する日。

私はパウルによってお出かけ禁止令を出されていた。

情報を集めに出ているパウルやスピカの話では、歓迎の宴に参加する貴族たちも続々と帝都入りしているとのこと。

ルネリュースやミーティアちゃんも宴に来るそうなので、会えるのが楽しみだ。

ミーティアちゃんは、獣王様にもお会いできるなんてと、手紙から興奮が伝わってくるくらい喜んでいた。

私とお姉ちゃんは令嬢らしく、歓迎の宴に向けてせっせと体を磨かれ、当日はこれまたガシェ王国の高位貴族に相応しい装いを施された。

お姉ちゃんのドレスは、ガシェ王国の礼装なのは当然として、色合いがオスフェを象徴する赤！

赤髪に赤のドレスって……と思いきや、濃い赤と差し色の金色の衣装はお姉ちゃんにしっくりきた。

できれば扇子を持って高笑いをして欲しい！

私の方はというと……紫と青‼　この組み合わせはダメなやつでは⁉

「悔しいけれど、威嚇するにはこの色が一番なのよねぇ」

お姉ちゃんよ、誰を威嚇するつもりなんだ？

私が困ったような、呆れたような顔をしていたからか、パウルが続く。

「ヴィルヘルト殿下の了承は得ておりますので、ご安心ください」

ヴィめっ！　承諾するんじゃない！

つまりこの服は、ミルマ国で王女様たちを煽《あお》ったときと同じ意味を持つってこと？

ということは……外面に騙されて、ヴィに懸想するご令嬢たちから目の敵にされるってことでは!?

ライナス帝国でもヴィの人気はそこそこある。まぁ、母親の王妃様がライナス帝国の皇女様で大人気だったそうだし、その王妃様の息子だからってこともあるんだろうけど。

ガシェ王国貴族である私がヴィの色を身にまとうということは、それくらい親しい仲だよってアピールしていると捉えられ、こわーい令嬢からワインをかけられたりしちゃったりして！

嫌味を言われるのは面倒臭さが勝《まさ》るけど、ワインがけとか古典的な嫌がらせはちょっと面白そうだと思う自分がいる。

ガシェ王国では絶対味わえないからね！

でも、自国の皇子たちもフリーなのに、ヴィを狙うのはなんでだろう？

「ねぇ、おねえ様。ヴィはこの国でも人気なのよね？　クレイ様やアイセ様は人気ないの？」

クレイさんは人当たりいいし、アイセさんもヴィと同じく外面はいいので人気ありそうだよね？

「そうねぇ。おそらく、皇子と結婚しても皇族になれる可能性が低いからじゃないかしら？　その点、ヴィルヘルト殿下は王妃の座が約束されているでしょう？」

　ライナス帝国の皇族の婚姻に関する典範《てんぱん》はちょっと複雑だ。

　水の聖獣と契約できなかった皇子・皇女は、未婚の場合は皇族に残る。結婚しても、婿入りや嫁入りでない場合も皇族のままだが、伴侶と子供は皇族扱いされない。つまり、マーリエのお家のパターンだね。

　これはお相手の家の権力が強まることを防ぐためだと思われる。

　マーリエのお家は、皇兄であるマーリエ父は皇族だけど、お相手であるマーリエ母はご実家の爵位に準ずるので、侯爵家と同等の扱いとなる。

　じゃあ、マーリエは侯爵令嬢の扱いなのかといえば、そうではない。公《おおやけ》の場では、準皇族となるので、扱いは母親より上になってしまうのだ。

　皇族になれなくても、マーリエ母のように社交界を牛耳るくらいはできるだろうが……今のご令嬢たちの世代にはエリザさんがいる。エリザさんが聖獣と契約できず、どこかの家門に降嫁したら彼女に勝てるご令嬢はいないと断言できる！

　お姉ちゃんの言う通り、すでに聖獣の契約者であり、一国の王太子であるヴィを一か八かで狙う方が旨みがあるというわけか。

「うーん、ヴィにもクレイ様たちにも失礼な話だね」

「そうね。でも、我こそはと思うご令嬢が挑戦することは大事でしょう？」

私に向かってバチッとウインクを飛ばすお姉ちゃん。

ヴィやアイセさんの本性を見抜けず痛い目みろ的な、そこはかとない愉悦が見え隠れしているような……気のせいかな？

でも、肉食なご令嬢に狙われるヴィ。完璧王子スマイルで令嬢をあしらいつつ、心の中では悪態ついてそう。そして最後は根負けして逃走しちゃったりして！

「お嬢様方、ご準備はよろしいですか？　殿下方がお待ちでいらっしゃいます」

ヴィの醜態を想像してニヤついてしまったが、パウルにはバレなかったみたい。

パウルに先導され、応接室に向かうと、そこには予想外の人がいた。

「クレイ様！　……アイセさまぁ!?」

クレイさんはわかる。以前も私のエスコート役をしてくれたし。でも、アイセさんはなぜいるの？

「今日のネフェルティマ嬢のお相手は、僕が務めさせていただくよ」

対ご令嬢用のキラキラスマイルを浮かべたアイセさんに手を取られる。

私はその手を引っ張って、アイセさんにしか聞こえないよう小さな声で言った。

「アイセ様、こういうこと好きじゃないでしょ？　無理しなくてもいいんだよ？」

ダオを除いた他の皇族方と比べて、アイセさんは公の場に出ることは少ない。欠席が許されない、必要最低限のものだけ出ているという感じだ。

その最低限のときでも、いつの間にか姿が見えなくなる。

「これは温かい乳のお礼だ。借りはすぐに返すたちなんでね。それより……」

アイセさんは眉間に皺を寄せ、私をつま先から頭までジロジロ見つめた。

「なんでその色か説明してもらおうか？」

なぜか不機嫌な様子で言われたので、お姉ちゃんの指示であることを話す。ついでに、ちゃんとヴィの承諾を得ていることも。

「……オスフェでまともなのはラルフだけか」

「自慢のおにい様ですからっ！」

反射的にお兄ちゃん自慢をしたが、よくよく考えたら酷くない？

なんでオスフェ家が変人の巣窟《そうくつ》みたいな言われ方してるの⁇

「というか私以外はまともだよ！　おとう様もおかあ様もおねえ様もかっこよくて強くて魔法もすごいし何より美人‼」

息継ぎなしで一気に捲《まく》し立てる。

「……君が自覚していることに驚いた」

「うー、そこじゃないっ‼」

私の家族がいかに凄いのかをもっと詳しく語ろうとしたら、アイセさんの行動の方が僅差で速く、手で口を塞がれる。

「ふがーっ‼」

「アイセント殿下、ずいぶんと変わられましたのね。それとも、そちらが本当のアイセント殿下なのかしら？」

口元に笑みを浮かべていても、お姉ちゃんの目は笑っていなかった。

「オスフェ公といい、君といい、遠慮がないのは家風なのかい？」

アイセさんの言葉にお姉ちゃんが言い返そうと口を開きかけると、クレイさんがすかさず割り込む。

「二人とも落ち着いて。まずはアイセ、その手を離そうか。ネマが可哀想だ」

クレイさんに言われ、アイセさんは渋々といった様子で私から手を離した。

もう少し遅ければ、白をけしかけてコショコショの刑に処すところだったよ。運がいいな、アイセさん。

「カーナディア嬢。アイセの不躾な言動、申し訳ない」

頭を下げないまでも、クレイさんの態度から申し訳なさが十分に伝わってくる。

自分の代わりに謝るクレイさんの姿を見て、アイセさんはどう思うんだろうと様子を窺《うかが》うと……めっちゃクレイさんのこと睨んでる⁉

「謝らなければならないのは、クレイリス殿下ではなくてアイセント殿下なのでは？」

「もちろん、それは理解している。アイセの兄として謝りたかったんだ。私にとっては少し不器用なところがある可愛い弟なのでね」

そのクレイさんの発言に、アイセさんは驚いたのか大きく目を見開いた。

「まぁ！　アイセント殿下を不器用だと思っていらっしゃるの？」

「素直になれないところとか特に……」

クレイさんの答えに、私もお姉ちゃんも頷く。

確かに、アイセさんは天邪鬼なところあるよねー。

恥ずかしさなのか、アイセさんは顔を真っ赤にして再びクレイさんを睨む。

私は彼を慰めようと背伸びをして、背中をポンポンした。

「わかりますわ！　ネマも、お菓子を食べたいのに怒られると思って言い出せないときが凄く可愛いんですの！」

なんかこっちに飛び火した⁉

お姉ちゃん、素直に食べたいと言っていいのにって言うけど、そうしたらパウルに食べ過ぎですって怒られるの私だからね‼

「アイセも幼いとき、私をお茶に誘おうとして言い出せずにいたことがあったなぁ」

「ネマは、好物のお菓子を自分が食べたいのに、我慢してわたくしに分けてくれたことがございまして……名残惜しそうにお菓子を見つめるネマは食べてしまいたいくらい可愛かったですわぁ」

クレイさんがアイセさんに惚気ると、お姉ちゃんも惚気を返す。

でもねお姉ちゃん！　なんで食べてるときの話ばっかりなの⁉

弟妹自慢で意気投合した二人を他所に、私とアイセさんは互いに仲間意識が芽生えたように感じた。

「……宴でお菓子食わせてやるから」

「……うん。絶対だよ」

◆
◆
◆

宴の会場へ入る前に、皇族の控室へと通された。

控室には皇族が勢揃いしており、ダオとマーリエはもちろん、マーリエ母もいて空気がちょっと重く感じる。

「マーリエのおかあ様がこちらにいらっしゃるの珍しいね」

こういった行事のとき、今回のように皇族の控え室に呼ばれることがある。そのとき、マーリエ父はいるけどマーリエ母の姿を見ることはなかった。

「今回の宴は、最上礼意《さいじょうれいい》の指定がされているでしょう？　この場合、正式なお相手との参加が慣習なの」

つまり、今日の宴は夫婦で参加しないとダメってことなのか。

ヒソヒソ声で、ダオとマーリエはライナス帝国の宴について教えてくれた。

陛下主催の宴は、夫婦や婚約者と参加するのがマナーで、お相手がいない人は親族にエスコートしてもらうか、一人で参加するんだって。

一人で参加すると、正式なお相手は決まっていませんというアピールにもなるらしい。

「じゃあ、それ以外の宴は？」

「令嬢や令息が一人で参加すると、付き添ってくれる友人もいないのねって笑われるわよ」

「理不尽っ！」

陛下主催だとお一人様が許されて、それ以外だと許されないの意味がわからない！

お相手がいないなら、出会う機会はいっぱいあった方がいいでしょ！

ガシェ王国では基本、どんなパーティーでも正式な相手を連れてくるのが決まりで、お相手がいない人は一人で参加しても問題ない。

ただ、令嬢の場合は女性の付添人、いわゆるシャペロンをつける。

それを説明すると、ダオはちょっと考えたあと言った。ガシェ王国は礼節を重んじる国だからだろうって。

「礼節が深く根づいているから、女性だけで参加できるのね。我が国でお相手が必要なのは、互いを守るためなのかもしれないと、今思い至ったわ」

マーリエ曰く、卑劣なことを企てる輩《やから》は男女関係なくいて、力尽くでどうこうするならまだマシで、薬や魔法を使う者もいるのだとか。お相手がいることで、そういうことが防げるのだろうって。

「……マーリエ、なんでそんなに詳しいの？」

「うちの侍女たちに教えてもらったのよ。悪い大人がいるから、宴のときは特に注意するようにって」

そんな大人の闇みたいな話を子供に聞かせていいのかな？

マーリエは賢いから、回りくどい言い方をするよりも、しっかり教えた方がいいと思ってのことだと思いたい。

「……こっちの宴ってそんなに治安が悪いの？」

「さすがに皇族主催の宴ではないよ。軍部が警備に当たっているから。たぶん、貴族の屋敷での話だと思う」

ダオの言葉に、私はだよねーと安堵する。

でなければ、陛下主催の宴にお一人様で参加するなんて無理だもん。

「今回の宴が安全なら、アイセ様が私の付き添いになる必要はなかったんじゃ……？」

「忘れているかもしれないけど、ネマは国賓なんだから、皇族が付き添うのは当たり前だよ。アイセ兄上が断っていたら、僕がネマのお相手になる予定だったし」

なんと‼

ダオがお相手なら私は楽でいいけど、そうなったらマーリエが一人になっちゃうところだった！

「ダオはマーリエについてないと！　私の相手ならルイ様もいるわけだし」

一応、父娘の演技をした仲だし、ルイさんも断らないと思う。

「ルイ叔父上は、獣王様のお相手を務めるから無理なんだ」

あのルイさんが獣王様をエスコート⁉　大丈夫なの⁇

私の困惑顔に何かを察したのか、ダオは苦笑いしながら告げる。

「ネマ……ルイ叔父上はああ見えても外交の長だよ？」

「なんですとっ‼」

びっくりしすぎて大きな声を出してしまった。慌てて自分の口を手で塞ぐ。

「今まで知らなかったことの方が驚きよ」

ごもっともである。

でも、思い返してみれば、ガシェ王国に来たのもシアナ特区の視察っぽかったし、エルフの森にもついてきてくれたし、音で操作する魔道具のときもママンに接触を図っていたし……外交っぽいと言えば外交っぽい？

総帥《そうすい》さんと仲良しで、軍部にも顔が利くからそっち系だと思ってたわー。

「じゃあ、アイセ様がお相手を引き受けてくれたことに感謝しないとだね。マーリエが一人にならなくてよかった！」

「わたくしにも付き添いしてくれる親族はいるわよ！」

「でも、ダオといっしょがいいでしょ？」

私がそう聞くと、マーリエは顔を真っ赤にして俯いた。

可愛いー！

ぎゅーってしたかったけど、衣装が皺になるといけないので、頭を撫でるに留めておく。

「っ⁉」

突然、ゾワワッと悪寒のようなものが走った。何事かと周囲を見回すと、ある人物と目が合う。

マーリエ母――マリエッタ夫人だ。

私がマーリエに害を与えるとでも思われているのだろう。

母親が子供を心配する気持ちはわかるが、仇《かたき》でも見るかのような視線は正直恐ろしい。

どうにかしてくれと、マーリエ母の隣に座っているマーリエ父に目で訴える。

私の視線に気づいてかは不明だが、マーリエ父が話しかけたことによって、マーリエ母の視線が逸《そ》れた。

ホッとしたのも束の間、侍従が入場の準備ができたと告げにくる。

エスコートするためにアイセさんが手を差し出してきたので、私も遠慮なく手を重ねた。

その瞬間、アイセさんが身を屈めて、私の耳元で囁く。

「あの人のことは気にしなくていい」

あの人とはマーリエ母のことだろう。

アイセさんは、マーリエ母が私を目の敵にする理由を知っているのかな？

ダオの交遊会の事件以降、マーリエ母も監視対象になっているそうだけど、全然情報が集まらないみたいなんだよね。

「夫人は敵じゃないの？」

「……それはネマ次第だな」

意味深な呟きを残し、アイセさんはそれ以上教えてくれることはなかった。

皇族の入場が伝えられ、大広間へ続く扉が開く。

マーリエ両親が先頭を切り、次のテオさんは婚約者候補のご令嬢を連れての入場で、その次がクレイさんとお姉ちゃん。エリザさんは一人で堂々と進み、アイセさんと私、ダオとマーリエと続いて、最後は先帝様と皇太后様。

サチェとカイディーテの姿が見えないけど、きっとどこかに身を潜《ひそ》めてお二人を見守っているに違いない。

私たちがライナス帝国に来たときに開かれた宴の会場よりさらに広く、まさに豪華絢爛といった装飾に目がチカチカする。

大広間の奥に用意されている高座も大きくて広い。

私、お姉ちゃん、マーリエ、マーリエ母は、その高座の一番下の段右側に案内され、エスコートしていた皇族男性陣は、真ん中の段右側に並ぶ。テオさんの婚約者候補は高座ではなく、会場にいるご家族のところへテオさんが連れていった。

あと、先帝様と皇太后様も真ん中の段に並んだことに驚いたけど、そういう決まりのようだ。

左側がガラ空きなのは、イクゥ国使節団の席だからだろう。

それにしても、この並びはなかなか居心地が悪い。低い位置にいても、皇族に背を向けているってことだからね。

ガシェ王国では、式典や宴の内容ごとに席の配置も細かく定められていたりするけど、王位継承権を持つパパンやお兄ちゃん、あと大臣たちが王族と同じ高座に立つ場合、王族の後ろが定位置となる。

文化の違いの現れとはいえ、後ろに偉い人がいるのは落ち着かないなぁ。

高座の一番近くには、各警衛隊の隊長と補佐役の二名ずつが待機していて、他の隊員たちは会場の端に並んでいた。

隊長たちの中に、うちの森鬼とスピカがしれっと混じっていたりする。しかも、わざわざ今回のために作ったらしい、警衛隊風の制服を着てだ。森鬼はもとより、スピカもなかなか制服が似合っているなぁ。

そうこうしていると、陛下方とイクゥ国使節団の入場が告げられた。

会場にいる全員が礼を執り、視線を下げる。

足音と衣擦れの音しか聞こえない中、陛下の許しが出されるのをひたすら待つ。

「皆、面を上げよ」

礼を解き、視線を上げると、思わず感嘆のため息が出た。

3 宴のはじまりーはじまりー！

陛下の隣には、ど迫力な美女がいた。

真珠のように煌めく純白の髪、タイトなドレスによって強調される曲線。背中には、極彩色とはまさにこのこと！　と思えるくらい、彩り艶やかな翼。そして極めつけは長い尾羽根‼

獣王というより、鳥の女王様だ‼

「紹介しよう。イクゥ国の獣王、鵬《ほう》族のリーファ様だ」

「ライナス帝国の我が同胞《どうほう》、並びに盟友の皆様。イクゥ国への多大なるご支援を賜ったこと、ここに深く感謝いたします。こうして直接お礼に参れるまでに復興しておりますが、イクゥ国が以前のような活気ある姿を取り戻すにはまだまだ時間が必要です。皆様には変わらずよき友として、ご協力をお願い申し上げます」

ほぇー、声まで美しい……。

すべてが美しすぎて、内容は全然入ってこなかった。

周囲に合わせてパチパチと拍手をしながら、獣王様をガン見する。

鵬族の祖となる鳥はなんだろう？

頭部が白くて、翼の付け根から緑、青、黄、赤と羽根の色が異なり、長く美しい尾羽根はカラスのように黒い。

そんなカラーリングの鳥、こっちの図鑑には載ってなかった気がする。

地球の鳥なら、ゴシキなんちゃらとか、カラフルな鳥は多いけど、ほとんどが雄だったりするんだよなぁ。

あっ！　コンゴウインコは近いかもしれない！　白と黒があったか覚えていないが、個体によっては虹色みたいな配色だったはず。

「リーファ様、ご一曲お相手いただけますか？」

ルイさんが恭しく手を差し出すと、獣王様は色っぽい笑みを浮かべてその手を取る。

お二人が高座から下りれば自然と道ができ、貴族たちは場所を譲り、ぽっかりと穴があいた。

演奏が始まると、ルイさんと獣王様は優雅に踊りだす。

獣王様の動きに合わせ、羽根の色が少しだけ変化しているのがわかった。

あれだけ鮮やかな色なのに、構造色も持ち合わせているのか！

特にそれが強く現れているのが、髪と尾羽根だ。

髪の毛は真珠をコーティングしているかのようだし、尾羽根は烏《からす》の濡れ羽色！

ぜひとも仲良くなって間近で観察したい‼

楽しそうに皇后様とおしゃべりをしている陛下に、早く獣王様を紹介しろーと念を送っておく。

お二人のダンスが終わると、先ほどよりも大きな拍手が湧き起こる。

私も素晴らしいものを見せてもらったと、力いっぱい拍手した。

そのあとは、ダンスを楽しむ者、食事を楽しむ者、挨拶に向かう者など動きが分かれた。

ルイさんのエスコートで獣王様が席に戻られると、陛下はまずマーリエ一家を紹介する。

とは言っても、その場に立って一礼するだけ……。

まさか、私のときもそれだけだったりしないよね？

次はアイセさんの名が呼ばれた。どうやら、皇族で獣王様に顔見せができなかったのはマーリエ父とアイセさんだけだったみたい。

陛下方が獣王様に時間を割けるようにと、マーリエ父がいろいろ負担したであろうことは想像に難くない。

しかし、アイセさんは……たぶん逃げたんだな。

今は愛想よく、お会いできて光栄ですとか言っているが、内心では面倒臭いって思ってそう。

「それから、ガシェ王国よりお預かりしている賓客、オスフェ公爵家のカーナディア嬢とネフェルティマ嬢だ」

お姉ちゃんが立ち上がって陛下方へ向いたので私も倣《なら》う。

「デールラント・オスフェの長女、カーナディアにございます」

お姉ちゃんは名乗ったあと、公用の礼一位を執る。

「同じく次女のネフェルティマです！」

私もお姉ちゃんと同じ礼をして、獣王様からのお声がけを待つ。

ちょっと間が空いて、美しい声が聞こえてきた。

「楽にされよ。して、妹御が背負っているものはなんだ？　恐ろしい気配を感じるぞ？」

私はしばし固まった。

獣王様が仰っていることがいみふ……じゃなかった、予想外だったので反応できなかったよ。

今までたくさんの獣人たちと交流を持ってきたが、このうさぎさんリュックを恐ろしいと言った人は一人もいない……はず。可愛いとか、私に似合っていると褒めてくれる方が多かった。

あとは、ソルの竜玉《オーブ》だと知ると、挙動不審になった獣人が数人いたくらいか？

ちらりと陛下を見やれば、陛下の顔も心なしか緊張が走っているような気がする。そして、私の視線に気づくとすぐに頷いてくれた。

「ソル……北の山脈の炎竜にもらった竜玉です。肌身離さず持っているよう言われたので、うさぎさんにしたんです」

「竜玉!?　あの、竜種を従えられるという伝説の……」

獣王様の驚き方に、私はますます首を傾げた。もちろん、心の中で。

ほとんどの人は炎竜に対して驚くのに、獣王様は竜玉の方に強く反応した。

つか、竜種を従えられるなんて嘘っぱちが伝説になっているって初耳だけど？

ダンさんが教えてくれたのは、竜種と意思疎通ができる伝説のアイテム！　みたいな感じだったし。

「竜玉は竜種とおしゃべりできるだけですよ？」

たぶん、それ以外は他の聖獣が作る風玉や陽玉とかと変わらない。私が知らないだけかもだけど。

「そうなのか？」

獣王様が不思議そうに首を傾げた。とたんに、圧倒的な美しさから可愛らしい小動物的な雰囲気に変化する。

鳥が首を傾げるのは、気になったものを観察したり警戒するためだが、その仕草がめちゃくちゃ可愛いのは言うまでもない！

獣王様の今の姿は、そんな可愛い鳥を連想させる。

「国によって伝わった内容が異なるのでしょう。有名な少年レヴィンの冒険以外にも、我が帝国には、その昔、竜玉を持つ者がワイバーンを率いて戦に勝利したという史実に基づいた英雄譚がございますし」

ルイさんがそう説明すると、獣王様やご一行の皆さんがなるほどと納得した。

ルイさんが言っていた英雄譚は、ライナス帝国では誰もが知っている子供向けの物語だ。そこから派生した大人も楽しめる戦記風とかもある。

少年レヴィンの冒険と違うのは、主人公がライナス帝国の若き軍人で、彼に竜玉を授けたのが地竜である点かな。

これが本当のことだったとしたら、眠ってばかりの地竜に出会い、気に入られるって主人公の強運さがヤバいと思う。神様のお気に入りだったのかな？

「面白い！　見方が異なると、これほど差が生まれるのか。ルイ殿は賢いな」

見方が異なる……あぁ、そういうことか。

風竜が気軽に竜玉をあげようかと言っているくらいなので、竜玉持ちは百年に一、二人程度はいた可能性はある。

国同士の戦争は先の乱世以外にもたくさんあるので、イクゥ国の前身である獣王国の敵国に竜玉持ちがいたとしてもおかしくない。

生き物の頂点とも言える竜種は、祖となる動物の特徴を受け継ぐ獣人にとっては恐怖そのもの。獣人たちが、竜玉を使って竜種を操っていると勘違いするのも当然かも。

獣人からしたら、魔王軍団襲来！　って感じだったんだろうなぁ。

獣王様への挨拶は、なぜかルイさんの株を上げただけに終わった。

ルイさんが獣王様と仲良くなるんじゃなくて、私が仲良くなりたいんだよ！

悔し紛れにルイさんを睨みつけるも、爽やかな笑顔で躱《かわ》される。くっ……。

私たちの番が終わると、今度は貴族たちの名が呼ばれる。

最初は公爵家から。と言っても、現在公爵家は一つしかない。

先帝様には妹さんが二人いるが、一人はすでに女神様のもとへ旅立っているので、もう一人が降嫁されたお家だ。

挨拶に出向いたのは、その元皇女様ではなく息子さん。先帝様の甥で、陛下の従兄弟。だけど、お二人に似ている部分はないなぁ。

次に呼ばれたのは侯爵家で、確か皇族が興した家門だったかな？　お仕事か商売関係でイクゥ国と繋がりを持っているらしい。

皇族関係が続くのかと思いきや、知っている名前が呼ばれた。ライナス帝国で一番偉い獣人と言えばこの人！　そう、総帥さんだ‼

総帥さんは緊張しているのか、尻尾がピーンとなっているのが可愛い。

「ライナス帝国の獣人を代表して挨拶を申し上げます。ライナス帝国軍総帥を務めております、クォン・ストハンです」

「ほぉ、そなたは大虎《だいこ》族か。この国の同胞のために励むがよい」

「御意に」

総帥さん、憧れの人を前にして拝みそうな雰囲気を醸《かも》し出しているな。

やっぱり、獣人にとって獣王様にお会いできるのは凄いことなんだろうね。

次の伯爵家は数が多かった。

貿易関係やお仕事関係、イクゥ国の有職者の娘さんが嫁いだ家とか。

その中にヘリオス伯爵がいて、相変わらずの男装の麗人っぷりに惚れ惚れする。

ヘリオス伯爵はお仕事というか、イクゥ国からの移民を多く受け入れているため、挨拶するメンバーに選ばれたっぽいね。

獣王様は政治的なお仕事には関わらないみたいだけど、獣人を多く雇っているヘリオス伯爵に感謝を伝えていた。

貴族たちの挨拶が終わると、ようやく私たちも自由時間だ。

お姉ちゃんは学術殿の学友たちに挨拶しにいくと言うので、侍女侍従の待機部屋にいるシェルを呼び出す。

「ネマもわたくしと一緒に行きましょう？」

お姉ちゃんのこちらのお友達には会ったことないので、ついていくのも面白そうだと承諾しようとした。

『あのドワーフの嫁が主に会いたいそうだ』

精霊が届けてくれたであろう、森鬼の声が聞こえた。

森鬼がいる方を見ると、森鬼はあそこだと指で指し示す。

その示す方向には、パリッと礼服を着こなす青年が……って、エレルーンさんではないか⁉

お姉ちゃんにドワーフの知り合いがいたから挨拶してくると言って、森鬼とスピカを連れて会場に下りる。

森鬼が先頭を歩くと、面白いくらいに人がよけてくれた。私だけだったら揉みくちゃにされてたね。

「エレルーンさん！」

近くまできて名前を呼んだら、エレルーンさんは静かにするよう合図をしてきた。

不思議に思いながら、彼女のところまでいく。

「お久しぶりです、姫様。申し訳ありませんが、私の名前は告げないようお願いします」

突然のことに驚く。が、すぐにピンと来た。

この場所にエレルーンさんがいると知られたらマズいのだと！

「わかったわ。場所を変えましょう」

顔見知りの警衛隊員を捕まえ、私たち用の休憩室へと案内してもらう。

道中、男性と二人きりになるのは……と忠告までしてくれるいい人だ。

そんな隊員さんを安心させるため、彼女は女性だと教える。そうしたら、思った通りに驚いてくれて、エレルーンさんを二度見どころか三度見、四度見までしてた。

案内された休憩室には誰もいなかった。

まぁ、宴が始まってさほど時間も経っていないからね。

この休憩室は、今日高座に座る女性陣用の部屋で、そのため警備はエリザさんの警衛隊が受け持っている。

「侍女はどうされますか？」

案内してくれた隊員さんが、私に確認してくる。

スピカのことを知っているはずだが、スピカが警衛隊風の制服を着ているせいなのかも？

「彼女がいるから大丈夫よ」

スピカに視線をやれば、任せてくださいと早速お茶の用意に動く。

「飲み物のご希望はございますか？」

スピカの問いに、エレルーンさんは特にないというので、私の気分に合わせて冷たいお茶にしてもらった。

私の部屋なら冷たい飲み物も常備されているが、ここにはないため、お茶を淹れてから冷ます必要がある。

冷ます用の魔道具が備えてあるみたいだが、スピカは森鬼にお茶を冷まして欲しいと頼んだ。

「ナノ」

森鬼が精霊に呼びかけるだけで、お茶はすぐに冷えたみたい。スピカが凄い、早いと喜んでいる。

そうやって運ばれてきたお茶は、氷がないのにキンキンに冷えていた。

お互いに一口飲んだところで、私の方から切り出す。

「それで、何かあったの？」

「今日は付き添いで参加したのですが、姫様にお知らせしておいた方がいいと思いまして……」

大切なお嫁さんをパーティーに参加させるって、よくラグヴィズが許したなぁ。

疑問に思って聞いてみたら、鍛冶組合の長の付き添いらしい。鍛冶組合の長は華やかな場が苦手なので、そのフォロー要員なんだとか。

組合の職人さんたちと仲良くやっているようでなにより！

「イクゥ国の使節団の中にドワーフがいました」

「えっ⁉」

ドワーフっぽい人がいたかなと、使節団の面々を思い出そうとする。

しかし、獣王様に釘づけだったので、全員男性だったのか、女性もいたのかすら覚えていない。

「ドワーフなのは確実ですが、どこの流《ながれ》の者なのかはわかりません」

エレルーンさんの説明によると、ドワーフは七つの集団に分かれているそうだ。

大陸争乱時代に、ドワーフたちは人間に利用されたくないと、複数の集団に分かれて姿を消した。それぞれが得意な分野で集まった結果、野鍛冶流、武具流、陶製《とうせい》流、築造《ちくぞう》流ができる。

しばらくは上手くいっていた隠遁《いんとん》生活だが、若いドワーフたちが新しいことをやりたいと希望者を募って新しい流を作った。それが、農鍛冶《のうかじ》流、陶器流、得物《えもの》流だ。

現在、この新しい流と連絡が取れない状況なんだとか。

「築造流のあねごさんみたいにお手紙の魔法陣をなくしたのかな？」

「それならエルフの商人を通じて、新しい魔法陣が欲しいと連絡が来るはずです」

ラグヴィズたちには、ミルマ国で築造流と出会ったこと、築造流の長である姉御さんが手紙の魔法陣をなくしたことを教えておいたのだ。

「どこかの流が、私たちと同じようにイクゥ国に協力している可能性が高いです。ラグは、連絡が取れない流を疑っています。特にアレを知ったら、何かしら動きがあるだろうと言っていました」

エレルーンさんの言うアレとは、トロッコもどきのことだろう。

今は、動力部となる魔道具の改良が進められている。

人が乗ったトロッコもどきを動かすには、魔力がたくさん必要らしく、設置する魔石が大きくなって場所を取るとかなんとか。

どうにか少ない魔力で、トロッコもどきを始動できないか研究が重ねられている。

私としては、無理に小さくしなくてもいいと思う。なんなら新幹線のノーズみたいにして、先頭に魔道具を設置するのもありじゃないかな？

今度提案してみよう！

「あれは実用化にはもう少し時間がかかりそうだけど……」

「人員の大量移送目的で、連結するのを前提に作っていますから。単体だけなら、すぐにでも使えますよ」

おぉ！　それなら一車両だけでも試乗ができるのでは？

「何か聞き出そうと姫様に近づくことも考えられますので、ご注意ください」

「うん、わかった」

とはいえ、ロスラン計画については、ほとんど私の手を離れてると言える。

ぶっちゃけ、こんなことやりたい！　っていう提案しかしていないので、進捗も大雑把にしか知らない。

とりあえず、どの人がドワーフなのか教えてもらうため、会場に戻ることにした。

4 宴で出会った人々。　前編

会場に戻り、中を見渡すと、すぐに獣王様を見つけられた。

彼女の側に問題のドワーフがいるかもしれないので、気づかれないよう近づいてみる。

獣王様の周りには、ライナス帝国と意匠の異なる服を着た男性が数名いた。おそらくイクゥ国の高官と思われる。

「あちらにはいません」

エレルーンさんはそう言うと、さりげなく周囲を見回して、目的の人物を探す。

私は顔を知らないので、エレルーンさんと軽く雑談を交わしながら、彼女が見つけるのを待つ。

「いました。明るい青色の服を着た紳士としゃべっている奴です」

エレルーンさんの視線の先を追う。

イクゥ国風の服を着た中年の男性と和やかな雰囲気で話している貴族の若い男性……って、あれはヘリオス伯爵では⁉

ドワーフの女性は見た目が男性的で、ヘリオス伯爵は男装の麗人。

仲良くおしゃべりしている男性二人は、本当はどちらも女性で……。でも見た目は男性で……。

視覚情報と脳内情報が異なるから、脳がバグりそう！

とりあえず、エレルーンさんがドワーフだと言う人の顔は覚えた。

……いや、ちょっと不安だから、精霊にもお願いしておこう。

「森鬼、ちょっと……」

両手を広げて抱っこを促し、抱きかかえられたところで内緒話をする。

「エレルーンさんが言っていた人、森鬼もわかった？」

私がヘリオス伯爵と問題の人物にちらりと視線をやれば、森鬼は小さく頷いた。

「じゃあ、あのドワーフらしき人に精霊をつけてくれる？」

森鬼は周りにいるであろう精霊たちに、まず可能かどうかを問う。

「できると……おい、ちょっと待て。お前たちは駄目だ。水のナノがやれ」

何やらいきなり揉め出した。

水の精霊を指名したってことは、他の精霊だとダメな理由があるのかな？

まぁ、風の精霊だとやらかしそうではあるけどさ。

「ドワーフは火と土を扱うだろう？　精霊はそういった者を好ましく感じるらしい」

森鬼が言いたいのは、魔力の属性ではなく、自然のものに触れているかどうかってことだろう。

精霊は好ましく感じた者に、稀《まれ》に幸運を授ける。ほんとに、ちょっとした、ラッキー！　って思う程度のものだけど。

この世界ではそれを『精霊がささやく』と言う。

とりあえず、森鬼がなぜ水の精霊にお願いしたのかは理解した。

火と土の精霊だと、ドワーフに肩入れするかもしれない可能性を考慮してのこと。

ここで風を選ばなかったのは、森鬼も風の精霊はやらかしそうって思っているんだろうなぁ。

「ネマ様、こちらに向かっている気配があります」

スピカの耳が小刻みに方向を変えているのを見て、こんなに大勢の人がいる中でも聞き分けできることに感心した。

ネコ科には負けるが、イヌ科の聴力は人間よりもいいもんね。

……もしかして、人間の五感って生き物の中では最弱⁉

大抵の生き物は何かしら突出した感覚を有し、厳しい生存競争の中を生き抜いている。

そんな生き物と比べると人間の能力は低い方だろう。

人間最弱説は置いといて、こちらに向かっているのは偶然なのか、それとも意図的か。

「誰かわかる？」

「ゼルティール・ヘリオスだそうだ」

私の質問に、スピカではなく森鬼が答える。

ゼルティール・ヘリオス……ヘリオス伯爵の親族だとしたら、ちょっとまずいかも！

「おにいさん！」

「はい。私はここで失礼します」

名前を呼べないからとっさにお兄さんと言ってしまったけど、ちゃんと察してくれたエレルーンさん。彼女は一礼をするとすぐに人混みに紛れ、見えなくなった。

はぁ……できる女って感じで格好いいな。ラグヴィズがベタ惚れしているのもわかる気がする。

「ネフェルティマ様、ご挨拶申し上げます」

こちらに向かってくる人物は、意図的に私たちに近づいてきたようだ。

獣王様が着ている衣装と似た感じのドレスを着ているけど……。

その人物が礼のために下げていた頭を戻すと、私は驚いてあっと声を上げてしまった。

「ルティーさん！」

名前はすこーんっと忘れていたが、この可愛い美人顔は忘れない！

ヘリオス家の性別逆転姉弟の女装の美男《びなん》の方‼

「わたくしのことを覚えていてくださり、嬉しいですわ」

インパクト強すぎて、一度会ったら忘れられないよ。

「ネフェルティマ様をお見かけしたので、ぜひご挨拶をと思ったのですが、ご歓談を邪魔してしまったようで……」

エレルーンさんと一緒だったところは見られていたか……。

「大丈夫ですよ。友達のご家族にごあいさつをしたあとでしたので。それより！」

エレルーンさんのことは曖昧に誤魔化し、私は森鬼から降りて、ルティーさんに詰め寄る。

「その衣装、すごくすてきですね！　かわいいのも似合っていますが、今日は大人のみりょくを感じます！」

少しわざとらしいかもしれないが、おしゃれが大好きな女の子っぽく話題を振る。

私自身、おしゃれはほぼ使用人任せなのでファッションセンスは皆無だが、こちらの世界で美しいものに囲まれ、目が肥えた自信はある！

その目が訴えている！　ルティーさんのドレスはなかなかの逸品だと‼

「ふふふっ。ありがとうございます。実は、イクゥ国の商人から勧められて買ったのですが、着ていく機会がなくて」

ルティーさんが着ているドレスはタイトなタイプで、獣王様と同じように体のラインがばっちりわかる。

しかし、ルティーさんのデザインにはある工夫がされていた。

広く浅い襟ぐりは鎖骨を美しく見せているし、スカートのスリットから見える生足は艶《なまめ》かしい。

肩から腕にかけてはゆったりとした形に、着物のだらし帯に似た腰帯。

鎖骨や生足に視線が行くようにして胸や腰を目立たなくし、袖幅にゆとりを持たせることで肩から腕の筋肉を、腰帯を垂らすことでお尻を隠している。

男性が着ることを前提に作られたデザインなのは間違いない！　あと帯が可愛い‼

というようなことを力説した。

「ネフェルティマ様の仰る通りです。男性の体つきを上手く隠すように作ってもらいましたの！……足が見えるのはちょっと恥ずかしいですけど」

恥じ入る姿も可愛い！　周囲にいるお兄さんたちが、ちょっと危ない扉を開いてしまいそうだよ！

でも確かに、ライナス帝国の女性が着るには、かなり挑戦的なデザインではある。

特にスリットで生足披露は、淑女たれと教育される貴族のご令嬢方には羞恥で卒倒するレベルじゃないかな？

「それなら、すかし生地をあてるといいと思います。すかし目を細かくすれば見えなくなるし、粗くして見えそうで見えない際どさを攻めるのもいい！」

透かし生地はレースを用いた生地のことだけど、ライナス帝国では地方独自のレース模様があり、時には流行になることも。ガシェ王国でも数年ごとにどこかの地方の透かし模様が流行ったりする。

「透かし生地も可愛いとは思いますが、いっそのことこの切れ込みをなくした方がよくないですか？」

「ダメです！」

スリットがなくても、ルティーさんならセクシーに着こなすかもしれないけど、美人さんの生足を隠してしまうなんてもったいない！

「いいですか、チラリと見えるのと、見えそうで見えないでは、得られるこうふんが違うのです！　前者はおぉ！　ってなって、後者はぐぉぉっってなります」

猫が物陰に隠れたとしよう。

その物陰からちょこっと尻尾の先が見えていたら、誰しもがそのチラ見せ具合にぐぅかわって悶《もだ》えるだろう。尻尾の先がピコピコ動いていたらなおよし！

また、猫の姿を見たくて覗いても見えなかったら、その尊い姿を一目見せておくれと懇願《こんがん》して

しまう。

「そういうものなのですか？」

ルティーさんが半信半疑というか、やや困惑した顔で言った。

先ほど妄想した猫の例を話そうかとも思ったが、より類似したもので例えた方がいいような気もする。

「うーん……そうだ！　ルティーさん、ちょっと耳を貸してください」

耳を貸してくれと言ったものの、身長差があるためにルティーさんに抱っこしてもらうことになった。

見た目は女性でも、やはり男性。抱っこされたときの安定感はちゃんとある。

「あのね、ルティーさんは森鬼を見てどう思いますか？」

「シンキって、ネフェルティマ様の護衛の？」

私がこくりと頷くと、ルティーさんは森鬼を見て、そして私に視線を戻して言った。

「たくましくて格好いい方だと思います」

その返事を聞いて、私も笑顔を返す。

自分の子が褒められるのは嬉しいからね。

「じゃあ、ちょっと想像してください。森鬼がお風呂に入っているところを」

「えっ、ちょっと……」

お風呂という言葉にルティーさんが焦りを見せた。

しかし、私は間髪入れずに先を続ける。

「湯船から覗く、たくましい腕と胸筋……」

意識させるため、わざとルティーさんの腕と胸元に手を置く。

ふむ……当たり前だけど、鍛えてない体つきだな。

「森鬼がお風呂から出ようと立ち上がったけど、湯煙がじゃまをしてそこから下は見えそうで見えない……。見たくない？　森鬼のきれいに割れた腹筋を」

私を抱くルティーさんの手に力が籠もる。

ふっふっふっ。想像した？　想像しちゃうよね??

「チラ見えと、見えそうで見えないとの差を理解していただけましたか？」

「その、あまりにも幻想的で……って、そういうことではありません！」

怒られちゃった……。

ルティーさんにはちょっと刺激が強すぎたか。

他に例えるとしても、実演ができれば一番いいんだけどなぁ。

グラーティアは可愛いけど、好き嫌いが分かれるだろうし、ノックスはお留守番だし。うーん。

「あ！　いいこと思いついた！　ルティーさん、ちょっと待っててくださいね」

そう言って、私はルティーさんに下ろしてもらい、背を向ける。

念のため、森鬼たちに壁役をお願いして、周りからも見えないようにしてもらった。

胸元からある物を取り出し、それを両手に包んで隠す。

きっとこれならルティーさんも理解してくれるはず！

「ルティーさん、この手の中には、私の宝物……いや、オスフェ家の家宝が入っています」

「オスフェ家の家宝？」

「はい！　我が国王へいかよりたまわったすんごいものです！」

ルティーさんの好奇心を煽《あお》るために、話を盛りに盛りまくる。でも、嘘は言っていないからね。

「見たいですか？」

「ええ。見せていただけるのでしたら」

「じゃあ、ちょっとだけですよ？」

私は上の手を外して、中身を見せた。……一秒だけね。

「……青い宝石ですか？」

「おしいけど不正解です。もう一回見せるので、よーく見ててくださいね」

次はゆーっくりと手を動かして、全部が見えた瞬間に隠した。

「どうですか？　少ししか見えないって、こう……かき立てられるものがありませんか？」

「確かに、しっかりと見たい、もっと見たいと思いました」

「では、次はじっくり見てください。この手のすきまから！」

両手をおにぎりを作るときのような形にして、手と手の間に隙間を作る。

その両手をググーッと限界まで伸ばすが、ルティーさんは体を屈めないと隙間を覗くことができなかった。

私はというと、なるべく光が入らないように腕の位置をキープしなければならず、二の腕と肩がつらい。

「……よく見えません」

「何かあるとわかっているけど、その正体がわからないと気になりますよね？　その『気になる』がルティーさんが今着ている衣装の効果なのです」

「……ネフェルティマ様の仰りたいことはなんとなく理解しました」

なんとなくでも理解してもらえたのなら御の字だけど、まだ引っかかっている部分があるような感じだね。

「その衣装はルティーさんの好みではないかもしれませんが、商人さんはルティーさんのかわいい以外のみりょくを引き出す衣装をすすめてくれたんだと思います」

「可愛い以外の魅力……。そんなものがわたくしにあるのでしょうか？」

自信なさげなルティーさんの様子に、私はようやくあることに気づく。

ヘリオス領で会ったときのルティーさんは、感情豊かで活力にあふれていた。それこそ、私がその衣装似合うねと言えば、そうでしょうと自己肯定感の高い返事をしそうなくらいに。

「ルティーさんはすごくみりょく的ですよ？　その衣装だって、子供の私でもドキドキしちゃうくらい色っぽくて、似合ってます！」

「……ネフェルティマ様は幼いのにとても聡明《そうめい》なのですね」

ルティーさんの指摘に、私はドキッとした。

なんか、暗に子供らしくないと言われているようで……。調子こいてしゃべりすぎたかもしれない。

「もうすぐ八歳ですから！」

見た目は五歳でも、もうちょっとすれば八歳になるのだ。貴族の子供であれば、ある程度教育が進んでいる時期でもある。

国にもよるが、貴族の子供はだいたい五歳頃から本格的に教育が始まる。特にライナス帝国では、教育を始めるのが早い。

ライナス帝国の皇族は公務ができるようになったら、自分で自分の味方を増やすために交遊会などを開き、貴族の子供と交流を持つからだ。皇族が公務を始めるのは十歳前後が多いようだが、陛下や先帝様、マーリエ父はもっと早かったとルイさんが言っていた。

そういった例外がいつ来てもいいように、皇族に近づきたい貴族たちは、自分の子供に早め早めの教育を施しているのだろう。

なので、年齢を強調すれば、ルティーさんも納得するだろうと思ったのだが……。

「八歳!?　……ネフェルティマ様、どこかお体の調子が悪いのですか？　もしかして、ライナス帝国に来られたのはそのため……」

納得どころか、逆に驚かれてしまった。この見た目で八歳は無理があったか。なんか思いっきり勘違いされているし。

「めがみ様のごかごがあるので、私は健康そのものですよ？　ちょっと人より成長が遅いだけです」

私が二年も眠っていて、その間成長していないことは隠してはいないので、調べればすぐにわかる。だけど、率先して言いふらしてもいないので、普段はヘリオス領にいるルティーさんは知らなかったのだろう。

それに、女神様の言葉を信じるなら、私の成長期はもうすぐそこに来ている！

「すぐにおねえ様より大きくなりますよ！」

私がそう力説すると、ルティーさんは安堵の表情を浮かべ、笑ってくれた。

「ネフェルティマ様はいつも前向きなのですね。羨ましいな……」

小さく呟かれた最後の言葉に、私は何かあったのだと確信する。

「何かあったのですか？」

聞いていいものなのかと、少しだけ逡巡《しゅんじゅん》するも、意を決して聞いてみた。

「あ、いえ。大したことありません。宴ではよくあることなので、お気になさらないでください」

宴ではよくあること……ねぇ。

大方、貴族たちに心ないことでも言われたのだろう。

ヘリオス伯爵はロスラン計画で今注目されている貴族だし、ある意味この姉弟は有名だから、僻《ひが》んでいる者は多そうだ。

「ルティーさん、笑いましょう！　それが仕返しになるのです！」

「仕返し……ですか？　笑うことが？」

「私の想像ですが、ルティーさんはしっとされているんだと思います。女性に大人気なかっこいいおねえ様がいて、本人も男性なのに女性よりも美人とくれば、そりゃあひがまれます」

さらに、ヘリオス領は今後発展が見込まれ、皇族からの覚えもめでたい。

そのおこぼれにあやかろうとすり寄るのが貴族社会なのだが、男女が逆転しているこの姉弟にはそれが行えない。

なぜなら、そういったことにご趣味がおありで？　とあらぬ疑いをかけられるリスクが高いからだ。

例えば、ルティーさんと仲良しな男性がいたとしよう。

パッと見は男女のカップルだが、実際は男同士。お互い女装が趣味だから仲がいいのでは？と穿《うが》った見方をする人が出てくる。

また、ただの友人同士だとしても、恋愛対象が同性だと思われるパターンもありえるよね。

じゃあ、仲良しなのが女性ならどうなるのかと言うと、女装が似合う男性が好みだと周囲に勘違いされることを恐れるんじゃないかな？

噂に尾ひれがつきまくって、可愛らしい男性が好き、可愛らしい男の子が好き、お稚児《ちご》趣味！と変化していく未来が私には見える！

そんな噂が大好きな社交界で、おいそれとヘリオス姉弟には近づけない。

結果、すり寄れないなら折ってしまえと、敵対する方に回る、ということだと思う。

「相手に自分が幸せだと見せつけるのです！　実力行使で仕返しをするのも一つの手ですが、お前たちなど眼中にないと、微笑みで相手の心を折る方が上品でしょう？」

それでもなお、ちょっかいをかけてくる輩には実力行使をすればいい。

「オスフェ家ではそうされているのですか？」

「いえ。我が家は基本、口で叩きのめします！　それで大抵は大人しくなるので」

私から持ちかけておいてなんだが、我が家はそんなに優しくないのだよ！

私の知らないところで何かやっている可能性はあるけど、パパンとママンがおほほと笑いながら毒舌を放つだけで致命傷を与えられるからね。

「まぁ！　ご高名なオスフェ公爵様なら、さぞ舌鋒《ぜっぽう》鋭いことでしょうね」

パパンより、ママンの方が切れ味は鋭いけどね。それを言うと、あとでママンに怒られる気がするので黙っておこう。

我が家の最強はママンなのになぁ。私も早くママンの境地まで達したいものだ。

どうにかこうにかルティーさんを励ましていたら、ルティーさんの名を呼ぶ人物が現れた。

「あ、姉様……」

「ルティー、探したぞ」

ルティーさんの隣に立つのはヘリオス伯爵その人。

私たちが話し込んでいる間に、例のドワーフとの歓談を終えたようだ。

「ヘリオス伯爵、お久しぶりです」

「ネフェルティマ様、お久しぶりでございます。ネフェルティマ様のご活躍は、ヘリオス領にも届いておりますよ」

はて？　活躍と呼べるようなことをやったかな？

ルノハーク生け捕り作戦は、ヴィとお兄ちゃんが出張ってくれたので、私はおまけ的な位置だったはず。

「ダオルーグ殿下の交遊会での事件や、ミルマ国での武力政変を解決に導いたと」

「それは私ではなく、捜査班のみな様と私のおとう様のかつやくですね」

あの阿鼻叫喚の地獄絵図、思い出すだけでも恐ろしい！

パパンの敵になった人たちが、いつもあんな恥ずかしい方法でやられているとしたら……やっぱりパパンが最強？

矜持を粉々にされるのと、自尊心をボッコボコにされるの、どちらがマシだろうか⁇

「ご謙遜を。陛下はネフェルティマ様のことを褒めていらっしゃいましたよ」

陛下、それをヘリオス伯爵に言うんじゃなく、私に直接言ってくれればいいのに……。

「それと、ぜひまた我が領地にお越しください。例のものを走らせる準備も、着々と進んでおりますので」

「それは……絶対に見にいきます！」

トロッコもどきの研究は帝都とヘリオス領の両方で行われている。

帝都では動力となる魔道具の部分、ヘリオス領ではレールと動輪をメインに研究開発しているようだ。

このトロッコもどきは、オスフェ家とライナス帝国との共同開発的な事業なので、どちらの研究所にも我がオスフェ家の者をたくさん派遣している。

なので、何かあれば彼らから報告が上がるはずだが、エレルーンさんが警戒しているドワーフのこともあるし、一度は見にいった方がいいよね。

私が宮殿を出るとなると、護衛とかで大所帯になってしまうので、すぐに行けないのが難点だけど。

「それでは、まだ挨拶が残っておりますので、ここで失礼させていただきます」

ヘリオス伯爵は、挨拶回りのためにルティーさんを探していたのだろう。

私のために時間を割いてくれたことにお礼を言い、二人を見送った。

なんとなく、離れていく彼らを見ていたら、ヘリオス伯爵がルティーさんに何かを言い、ルティーさんはぺこりと頭を下げる。

ヘリオス伯爵から離れたことを怒られたのかな？

やっぱり今日のルティーさんには違和感があるなぁ。

5 宴で出会った人々。後編

「ネマ様っ！」

掴みきれない違和感に頭を悩ませていると、元気で可愛らしい声に呼ばれた。

「ミーティアちゃん！」

ミーティアちゃんの姿を見つけると、彼女はぴょんぴょんと弾むような足取りで私の方へ来る。

「ミーティア・リトリーがごあいさつもうしあげます」

私の前に来ると、ミーティアちゃんが私に礼をしてくれた。

「ごあいさつありがとうございます。ミーティアちゃん、元気だった？」

「はい！」

ピクピクと動くミーティアちゃんの耳につい視線がいってしまう。

「二の姫様にご挨拶申し上げます。わたしはミーティアの父で、子爵位を賜るグラント・リトリー、こちらが妻のリディアです」

ミーティアちゃんのご両親から挨拶を受け、私も同じように名乗り返す。

それにしても、ミーティアちゃんのお父さんはやっぱり軍人さんだったのか。

授与式のときに軍部に入れるかと聞いていたし、獣人の貴族はほとんどが軍関係者らしいので、ミーティアちゃんのお家もそうなのだろうとは思っていたが。

ミーティアちゃんのお父さんは総帥さんと同じ軍服を着用していて、つけられている飾りから見ても位は高そうだ。

そして、どことなく総帥さんに似ている気がする。総帥さんと同じ大虎《だいこ》族なのかな？

「娘は少し内向的な面があり心配していたのですが、二の姫様にお会いしてからは積極的になりましてね。二の姫様のおかげです」

ミーティアちゃんのお父さんことリトリー子爵は、目を細めてミーティアちゃんを見つめる。

「ミーティアちゃんは出会ったときからすてきな方でしたわ。しっかりと物事を見きわめ、人を許せる優しい方です」

ミーティアちゃんとの初めての邂逅《かいこう》はダオの交遊会だった。

獣人だからという理由で、他の子供たちに酷いことをされていたのだ。

それなのにミーティアちゃんは、子供たちの事情を聞き、獣人がどのように認識されていたのかを理解し、彼らの謝罪を受け入れた。

私が仲裁に入ったとはいえ、自分に暴力を振るった子供たちを許すのはなかなかできることではない。

それ以降も、獣人だから貴族だからという偏見なく、仲良くなった子供たちと接している。

私がミーティアちゃんを褒めると、ご両親は嬉しそうに微笑み、ミーティアちゃんが顔を赤くして照れた。

「おかあ様がいつも言っていることをしただけです」

母親の言う通りにしたから、自分の成果ではないと言いたいのかな？

「ちがうように見えて、いっしょだったり、にているところがあるから、しっかり見ましょうって」

ミーティアちゃんにも理解できるよう、かなり噛み砕かれた内容だが、ようは視野を広く持つ的な意味合いだろう。

「獣人同士ですら、種族が違えば異なる部分があります。ですが、そちらの狼《ろう》族のご令嬢もわたくしたちも、頭の上に耳があって、尻尾があることは同じです。娘には、そういった偏った見方をして欲しくなかったものですから」

そう、ミーティアちゃんのお母さんが告げる。

うんうん。私も同意見だ。

「違うなんて言い出したら際限ないですからね。同じ種族でも、毛の色から手触りまで同じ、なんて方はいません。その違いこそ個性であり、獣人さんのみりょくでもあります！」

瓜二つの星伍と陸星だって、よくよく見れば違う部分はいっぱいある。

ほっぺたは星伍の方が伸びるし、ぷりケツは陸星の方がふわっとしている。

そういったわずかな差も、可愛いチャームポイントだ。

私は力強く同意したにもかかわらず、リトリー夫妻にはなぜか驚かれた。

「二の姫様が獣人に好意的だということは耳にしておりましたが、そこまで仰っていただけるとは……」

驚きの次は感極まっている様子。

私、そんな大層なこと言ってないよね？　と視線だけでスピカたちに問う。

スピカが小さく首を縦に振ったので、私がおかしなことを言ったとかではないようだ。

「お恥ずかしながら、群れとしての結束が強い獣人でも、同種間での偏見が少なからずあるのです」

ミーティアちゃんのお母さんが、どこか悲しそうに教えてくれた。

これは難しい問題だ。

種族にもよるが、群れを成す動物を祖とする獣人は、自分が所属するコミュニティの中で、無意識に序列を決めているのではなかろうか？

そうすると、上位の者は下位の者を軽視する。

「……本能によるものだとしても、理性を持つ獣人ならばぎょするべきですね」

だが、それは簡単なことではない。動物としての本能が弱い人間を見ても明らかだ。

家族や学校、仕事先と、様々なコミュニティでの人間関係を通じて倫理観を培《つちか》い、感情を制御することを学ぶ。

つまり、理性は生育環境に大きく影響されるということだ。

理性はピンと張り詰めた細い糸のようなもの。たくさんの経験を積み重ねることで、糸は重なり、縒《よ》って、太く頑丈になるのではないか。

時には緩んだり、綻びたりもするけれど、そのときに置かれた環境次第で、修復することもあれば切れることもある。

　もちろん、獣人にも人間と同じように様々な経験を重ね、感情や本能を制御している者はたくさんいる。

　しかし、それは個人の努力の成果であり、種族全体がというわけではない。中には無意識に下位の者を貶み、自分は強者なのだと誇る者もいるだろう。

　獣人という種族が長きにわたって他種族と社会生活を送れているのは、群れの下位を犠牲にしているからなのかもしれないなぁ……。

　ひょっとしたら、最近起こっている獣人のいざこざは、気づかなかった歪みみたいなのが表面化したものだったりして。

「失礼ながら、あれだけで理解できたのですか？」

　リトリー子爵の質問に、私は思考を中断した。

「人も似たようなものです。どちらかと言えば、欲望のままに行動する人の方が多いくらいです」

　周辺の貴族に視線をやれば、リトリー子爵はなるほどと納得してくれた。

　貴族社会における序列は、動物の群れ社会の序列と似ているからね。

　違うところは、動物はいたってシンプルに強いか弱いかで決まるが、人間は無能がトップに立つこともあるという点かな？

　それで国という群れが全滅することもあるんだから、恐ろしいよ。

「誰しもが二の姫様のような考えを持てれば、余計な軋轢《あつれき》を生まずにすむのですが……」

リトリー子爵から諦めのようなものが窺える。

すでに実害を被《こうむ》っているのかも？

しかし、みんなが同じ考えっていうのも、宗教みたいで危険な香りがするけど……もふもふ教、ありだな。

『もふもふはおしなべて尊い』を教義にして、活動内容はとにかくもふもふを愛でる！

教祖が私だと見栄えがよくないので、お兄ちゃんとディーにやってもらえば完璧‼

カリスマ性で言えば、ヴィの方が適任なんだろうけど……ヴィとラース君だと悪の秘密結社みたいになりそうだよねぇ。

ヴィを全身黒ずくめにしたら、めっちゃハマり役だと思う。……オリヴィエ姉ちゃんに相談してみよ。

「おかあ様をわるく言う人はみんなきらい！　わたしはなかよくしないもん！」

私が妄想を膨らませている間にリトリー子爵が何か言ったのか、ミーティアちゃんが母親にしがみつきながら毛を逆立て怒っていた。

ミーティアちゃんは子猫に似ているので、怒っていても可愛い！

「ミーティア！　二の姫様、申し訳ございません」

リトリー子爵は、国賓の私がいる場でミーティアちゃんが取り乱したことを謝罪しているのだろうが、不要だと伝えた。

それよりも、私はミーティアちゃんと向き合って、怒っている理由を聞く。

「ミーティアちゃんのおかあ様を悪く言う人がいるの？」

「……うん。おじい様もおば様も、あとたまにお家にくるおば様たちも……」

母親の身内の可能性は低いだろうから、父方の親族の方が母親を認めていないって感じかな？

「おかあ様のしっぽがへんだって……わるい血が入ってるって……」

泣き出しそうなミーティアちゃんを抱きしめ、もういいんだよという気持ちで背中をトントンする。

変な尻尾、ねぇ。

陛下にも釘を刺されているので、耳や尻尾の話題は出しづらいのだが、聞いてもいいのだろうか？

「……わたくしは大虎《だいこ》族の生まれなのですが、このように尾が長毛なのです」

ほんのりと黄色みがかった薄いグレーの毛並み、長毛種ならではのふんわり感！

ダブルコートなのは鉄板として、トップとアンダーで毛色が異なっているのが美しい‼

思わず触れてしまいそうになるのをグッと堪《こら》える。

「小虎《ここ》族でも長毛の方はわずかにしかいらっしゃらないので」

「長毛種がいない⁉」

考えてみれば、地球のネコ科動物もイエネコにしか長毛種はいないいか。

イエネコの長毛種は、ほとんどが寒い地域での自然派生種なのだが、同じ寒い地域に生息する他のネコ科動物は長毛ではなく、毛の密度が高くて分厚い毛並みをしている。

例えばトラ。トラといえば温暖な地域に生息している動物ではあるが、その中でもアムールトラだけがロシア極東で生息している。ベンガルトラなど温暖な地域に生息しているトラと比べると、毛足は長いが、長毛と呼べるほどではない。

他にも、マヌルネコやボブキャット、ユキヒョウなど、寒い地域に生息するネコ科動物はたくさんいるが、みんなもこもこした毛並みが特徴だ。

マリモのように丸々としたフォルムのマヌルネコ、もこもこを通り越してもっちり感のあるユキヒョウの尻尾。想像するだけでも癒やされるわー。

まぁ、現存する大型のネコ科動物には長毛種がいないだけで、絶滅した古代種にはいたかもしれないね。

だとしたら、獣人が誕生したあとに絶滅した動物がいて、その特徴だけが獣人に受け継がれていった可能性もある。

特に大虎族と小虎族は、様々なネコ科獣人が混ざり合った種族だ。先祖返りもありえると思う。

「神様のもとへ帰った祖の特徴が現れたのではないでしょうか？　へいかのように代をまたいで現れることもありますし」

「私もそう思い、調べたことがあるのですが、そういった記録は見つかりませんでした」

ふむ。ライナス帝国に記録が残っていないのであれば、その祖となる動物や獣人が暮らしていた地域は他国ということになる。

ガシェ王国でも、前王朝の記録はある程度残っているが、それ以上前だと都市伝説のような信憑性のないものがほとんどだ。

ここは一つ、大陸一の生き字引に聞いてみようじゃないか！

「じゃあ、ちょっとソルに聞いてみますね」

リトリー子爵はソルが誰なのかわからず、不思議そうに私を見る。

説明はあとでまとめてするから！

――もしもーし、ネマです！　ソル、元気にしてる？

――珍しくまともな呼びかけだな。して、いかがした。今は獣王を歓迎する宴のさなかなのだろう？

精霊に聞いたのか、ソルは私が宴の会場にいることを知っていた。

それなら獣王様についても何か有益な情報を知っているかもと思ったが、まずは当初の目的をと、ソルに事情を説明する。

――というわけで、トーティルやヤーグルみたいな見た目で毛が長い動物が昔、北の山脈にいたりしなかった？

トーティルはカラカルに似ていて、ヤーグルはジャガーに似ている動物だ。

――レスフェリアならお主の言う条件に当てはまるな。

レスフェリア、日本語っぽく表現するとレスフェの猫ってとこか？

ただ、レスフェってどこかで聞いたことがあるんだよなぁ。我が家の家名にも似ているから、それで勘違いしているのかもしれないけど……。

——レスフェって地名？　なんか聞いたことある気がする。

——お主……。

質問しただけなのに、なぜかソルから呆れたと言わんばかりの空気が返された。

——北の山脈の中で一番高い山がレスフェだ。お主の家名の由来にもなった山ではないか。

あぁぁぁ‼　それだぁぁぁ‼　いやー、すっかり忘れてたよ。すっきりすっきり！

初代国王が、オスフェの初代に『お前ならレスフェ山の雪も全部溶かせそうだよな。レスフェだとまんまだから、オスフェって家名にすれば？』と軽いノリで言ったら、オスフェの初代が真に受けたっていう。

いや、我が家の歴史書にはもう少し仰々《ぎょうぎょう》しく書かれていたけど。

ちなみに、オスフェ家がガシェ王国の北を治めることになったのも、名前が理由だったりする。

——忘れてた！　それで、レスフェリアはまだ生息しているの？

——いや、だいぶ姿を見ていない。すでに創造主のもとへ帰ったのではないか？

ソルの言いようから、かなり昔のことかもしれないと少し焦った。

あまりにも昔だと、存在を証明するものが一つも見つからない、なんてこともありえる。

ソルに、おおよそでいいから何年くらい前なのかと聞いたら、十季《じゅっき》、つまり千年は経っていないはずだと言われた。

曖昧だが、七、八百年前と推定するなら、エルフ族が知っている可能性がある。

ただ、エルフ族って寒い地域には住んでいないから、確率としては五分五分か。

――ありがとう。レスフェリアについて、私の方でも調べてみるね！

ソルにそう告げたものの、私一人で調べるのはさすがに無理なので、ここはオスフェの力を使わせてもらおう！

ソルとの念話を終え、私は夫人に向き直る。

「先ほど言ったソルは、私と契約している炎竜なのですが、とても博識なので念話で聞いてみました。我が国の北の山脈、レスフェ山にレスフェリアと呼ばれる長い毛並みを持つ動物がいたそうです。ただ、ずいぶん昔のことですので、我が国に記録が残っているかまではわかりません」

「それは本当ですか!?」

夫人よりもリトリー子爵の方が凄く食らいついてきた。

子爵も、夫人のことを気に病んでいたのだろう。

つか、ソルのことはあっさりスルーされちゃったよ……。

動物の種類がわかれば、長い歴史を誇るライナス帝国なら調べようがあるってことか。

それならと、エルフの森と冒険者組合に協力をお願いしてみてはどうかと提案する。

「エルフの森はわかりますが、冒険者組合ですか？」

「北の山脈は、ソルが長い間住処《すみか》にしている影響で、珍しい素材の宝庫でもあるのです。なので、採取の依頼を受けた冒険者がどういった危険があったかなど、組合に報告していたかもしれません」

地竜の寝床ほどではないが、質のよい魔石がたくさんあるらしい。ただし、万年雪のせいで採掘は無理なんだって。

他にも、稀少な動植物の生息地でもある。

そのため、研究者や蒐集家から採取の依頼が冒険者組合に出されたりもする。成功率は推して然《しか》るべきだが……。

とはいえ、後人のために北の山脈の動植物を記録していることは十分に考えられる。

「もし、お力になれることがあれば言ってくださいね。エルフの森にも冒険者組合にも伝《つて》がありますので」

「本当にありがとうございます。私の力がおよばなかったときには、お言葉に甘えさせていただきたく」

リトリー子爵は軍部でも上の方の役職みたいなので、エルフ族と関わりは持っているだろう。冒険者組合とも、お仕事の関係があってもおかしくはないか。

「ネマ様ありがとうございます！」

泣きそうだったミーティアちゃんは満面の笑みでお礼を言ってくれた。

「二の姫様、わたくしからもお礼を申し上げます」

夫人は少し戸惑っているようだが、まだ自分の中で消化しきれていないのかも。

「リトリー夫人。あなたに長毛の特徴が現れたのは、祖となるものと創造神様からのおくり物だと思います。その毛並みは夫人と同じように気品が感じられますもの！」

メインクーンにラグドール、ペルシャ猫にノルウェージャンフォレストキャット……どの長毛種の猫からも上品さが醸《かも》し出されている！

　そもそも、お猫様であるだけで尊いのだ‼

「おかあ様はとってもすてきです！」

　ミーティアちゃんも賛同してくれて、さらにはリトリー子爵まで夫人に甘い言葉を贈る。

　真っ赤になって恥ずかしがる夫人は、ミーティアちゃんそっくりだ。

　微笑ましい家族の姿を見て、私もパパンとママンに会いたくなった。

　その後、何かお礼をというリトリー子爵に、お気になさらず的なやり取りをし、子爵が引いてくれなかったので、私はあるお願いをした。

「今は事情があって無理ですが、それが片づいたら子爵の領地でミーティアちゃんと遊びたいです！」

「そんなことでよいのですか？」

「そんなことと言いますが、私が移動するとなると、もれなく大所帯になりますよ？」

　私だけなら同行人も少ないと思われたのかもしれないが、油断ならない人たちがいる！

　そう、皇族の誰か……。特にルイさんやテオさんは、面白そうとか言ってくっついてきそうだ。

　曖昧に皇族が一緒かもと伝えれば、光栄なことですと返された。

「ネマ様がりょうちに来てくれるのですか？」

「うん。前に約束したでしょ？　ミーティアちゃんのお家に遊びにいきたいって」

ミーティアちゃんに普段どんな遊びをしているのかと聞いたとき、山で遊んでいると言っていた。

他にも、子供交流会の準備をしているときに獣人たちに聞いた話では、ほとんどが自然の中で体を使う遊びをしていたそうだ。

つまり、獣人が多い地域の山は天然のアスレチック！　木も登り放題！　川でも遊び放題‼

しっかりと体力をつけて挑まねば！

「たのしみにまってます！」

ミーティアちゃん一家と別れ、私たちだけになった。

「お腹空いたから、何か食べにいきましょう！」

ライナス帝国での不満といえば、宴の会場に食べ物がないことだな。

果実水だけならあるのだが、食べ物とお酒は別々の部屋に用意されているのだ。

森鬼とスピカを連れて、食事用の会場へ向かう。

テーブルは基本四人がけのもので、二つくっつけて八人がけにしているところもいくつかあった。

また、グレードでの区分けもされており、高位貴族の席は他のテーブルより調度品などが豪華だ。

普通席の方では、美味しい食事のおかげか会話にも花が咲いていていて、みんな楽しそう。

そして、美味しそうな匂いに触発されて、私のお腹がクゥーっと鳴った。

「二の姫様、お席へご案内いたします」

奥まった席の方へ案内されていると、子供が二人座っている席が目に入った。

子供の一人と目が合い、視線で強く訴えられる。こっちにこい――と。

食事中の声かけは禁止ではないが、あまり褒められたものでもない。

親しい間柄同士の席ならいざ知らず、家族が同席している場では軽い会釈程度で切り抜けるのが無難だろう。

しかし、訴えてくる側も何やら必死な様子で……。

根負けした私は、案内役に少し待つようお願いし、その席に近づく。

「お食事中に失礼いたします」

「ネマ様！」

私の名前を呼んだあとに、小さな声でよかったと呟きが聞こえた。

「ルネリュース、お元気そうね。妹さんも、子供交流会でお見かけした以来ですね」

私が声をかけると、ルネリュースと妹さんが席を立とうとしたので手で制す。

「ぶしつけなことをしているのは私の方ですので、あいさつは不要ですわ」

「いえ、そうは参りません。二の姫様にご挨拶を申し上げます。わたくしはエドゼル・ベーグル。侯爵位を賜《たまわ》っております」

結局、ベーグル家全員が立ち、私に礼をする。

何事かと、周りの視線も私たちに集まってしまった。

ルネリュースの父であるベーグル侯爵は、夫人と妹さんも続いて紹介してくれた。

妹さんことルネステルの名前を覚えていなかったので助かったよ！

私の方も名乗って挨拶を返すと、食事の途中でよければ同席しないかと侯爵に勧められる。

森鬼とスピカに、毒味と称して美味しいものを食べさせたかったのだが……ルネリュースが投げかけてきた視線の目的も気になるし、その申し出を受けることにした。

なんかガッツリ食べる気分ではなくなったので、給仕に軽く食べられるお肉とスープを頼んだ。

お肉はメインだろっていうツッコミが厨房から上がりそうだが、宮殿の料理人の腕は確かなので作ってくれるはず！

「それだけでいいのか？」

食事の量が少ないことをルネリュースが心配してくれたけど、デザートの分のスペースを埋めるわけにはいかないのだよ！

「ルネリュース、今日はへいか主催の宴よ。このときにしか食べられないアレが出るのよ！」

私がそう告げると、ルネリュースは意味がわからないと首を横に振った。

「二の姫様が仰っているのは、ライナスの至宝のことではありませんか？」

侯爵夫人も一度は食べたことがあるのだろう。どこかうっとりした表情でアレのことを語る。

侯爵夫人の言う通り、アレとは特別な宴でしか提供されない、超激レア限定ケーキのことだ‼

ケーキなのにライナスの至宝と呼ばれているのは、国名の由来でもあるライナーシュの花をモチーフにしたケーキだからと思われる。

ダオとマーリエだけでやった宝探しゲームのご褒美に食べさせてもらったけど、すんごく！　めちゃくちゃ！　ほっぺたが落ちるくらい美味しいんだよぉぉ‼

思い出しただけでも涎《よだれ》が……。

「そうです。アレを食べなければ人生の半分くらい損です！」

「そんなに美味しいのなら、わたくしも食べてみたいです」

侯爵夫人もルネステルも甘いものが好きなのか、お二人とも楽しみだと笑顔だ。

一方、侯爵は優雅に食事を進め、ルネリュースは父親の顔色を窺っていた。

スープが配膳された隙に、できる限り小さな声でルネリュースに問う。

「ねぇ。なんで私に視線を送ってきたの？」

「一緒にお父様を説得してもらいたくて……」

説得とな？

ルネリュース自身、衝動的にとった行動だったみたいで、上手く説明できないみたい。

とりあえずスープを一口。かぼちゃもどきのスープうまー！　味はじゃがいものポタージュだけど。

「そういえば、私が来たことで、お話を中断させてしまったのではないですか？」

何か情報を得ようと、直前までの話題を探ってみる。

「お恥ずかしながら、最近ルネリュースが勉学に身が入っていないようで、理由を聞いていたのです」

「そうなの？」

ルネリュースに侯爵が言っていることは正しいのかと聞いても、彼は俯いて返事をしてくれない。

にしても意外だなぁ。ルネリュースは真面目な気質だから、勉強も真面目に受けてそうなのに。

父親を説得して欲しいということは、勉強の他にやりたいことがあるとか？

「ルネリュース、あなたのことだから、ちゃんとした理由があるんでしょう？　言いづらいってことは……家族に知られると恥ずかしいことなのね？」

「なっ⁉　違う！　そんなことはない‼」

すっごい真顔で否定された。

同性である父親にも言うのが恥ずかしいなら、侯爵家の家令や家庭教師に間に入ってもらうことを提案しようと思ったんだけど、見誤ったようだ。

「……お父様は反対するだろうから、言いづらかっただけだ」

うん、それはなんとなくわかる。だから、私という味方が欲しかったんだよね？

「反対するかどうかは、聞いてみないと判断できないよ？」

内容によっては、私も反対するかもしれないし。

「…………んでみたいんだ」

ルネリュースを励ますために、手をぎゅっと握って大丈夫だからと言い聞かせる。

「平民たちと遊んでみたいです！」

言ってしまえば気が楽になったのか、ルネリュースはそう思った経緯も語ってくれた。

ルネリュースは、ダオの交遊会で私に言われたことを彼なりに考えていたらしい。

自分が経験し、感じたことは自分だけのもの。それなら、たくさんのことを経験して、領民に尊敬される侯爵になりたいと。

自分が理想とする姿を、まっすぐ曇りなき目《まなこ》で告げるルネリュースに、思わず感動した。

そして、私の布教活動の成果か、妹のルネステルが犬を飼いたいと両親に訴えた。

当初、侯爵たちは犬を飼うことに反対していたそうだ。

お世話は使用人がするとはいえ、生き物を扱う以上、途中で飽きたと放り捨てることはできない。だったら飼わない方がましだと言われたらしい。

これには侯爵に好感が持てた。

子供になんでも買い与える親がいる中で、ちゃんと生き物を飼う責任をわかっている。

だが、ルネステルはめげなかった。何度も両親と交渉し、もし結婚したときも生きていたら婚家にも連れていくと言い切った。それほど言うならと、侯爵が折れたわけだが……。

ルネステル、それほどわんこのよさを理解してくれていたとは！　もふもふを布教したかいがあった！

ルネステルとわんこが庭で遊んでいるのを見て、羨ましいと思ったし、妹と遊んだことがあまりないことに気づいて衝撃を受けたルネリュース。

子供交流会で、自分は他の子供よりも圧倒的に経験が足りていないと感じたとか。

「俺よりも年下の子たちの方が、いろいろ物知りだった。だから、平民の子たちと遊べば、もっと教えてもらえると思って……」

嫡男という立場上、危険だと反対されるのは目に見えていた。どうやって説得すればいいのかと悩んでいたため、勉強に集中できなくなったのが真相みたいだ。

「ルネリュースの気持ちはわかった。しかし、自分で自分の身を守ることができないお前を、自由に出歩かせるわけにはいかない。お前は我がベーグル家の大切な跡取りだからな」

侯爵の言うことはもっともだ。まずは安全確保が大事！

逆を言えば、安全が確保できればどうにかなるということでもある。

じゃあ、作ればよくね？

「貴族、平民関係なく、子供たちが安全に遊べる場所を作ってしまえばいいのでは？　催事用の広場に天幕を張るだけでもいいと思います」

私がいつも遊んでいる宮殿の庭のように、ただ駆け回るだけの公園でもいいし、公民館のような多目的ホールを建設するのもありだし、いろいろと方法はある。

そして、紙芝居や人形劇とかやったらいいんじゃないかな？　あ、おやつもセットで！

体を動かすのが好きな子供たちには、そういった遊びを教えてくれる先生がいたらいいよね。

警備は、侯爵家の護衛がやってもいいし、その地域を担当している軍部に協力してもらうか、冒険者に依頼してもいいと思う。

「オスフェ家ではそんなことを実践されているのですか？」

私がホイホイと案を出したので、すでに行われているものだと思われたようだ。

この国でもパパンの名前は知れわたっているから、そのせいもあるかも？

「残念ながら、我が領でこれらを実施するのは難しいでしょう」

何せ、オスフェ領はラーシア大陸の北も北。冬が長く、寒さが厳しい地域が多い。

また、領地の三分の一は山岳地帯で、主要となる産業は林業、農業、畜産業といった一次産業ばかりである。

つまり、雪がない間に稼がねばならず、子供たちも親の手伝いに駆り出される。

先ほどのようなことをオスフェ領でやれば、領民、特に子供がいる親から不満が続出すると思う。

やるとしても、王都に近い地域じゃないと無理だね。

「オスフェ領でやれていないことを我が領でやれと申しますか？」

「いいえ。一つの案というだけです。ルネリュースの望みを叶える方法は他にもあるでしょう」

孤児院や組合の託児所を定期的に訪問するとか、あえて平民が多い学術殿《がくじゅつでん》に通うとか。

ただ、安全面という観点で、一番確実なのが自分たちでそういう場所を作ることだっただけだ。

それを説明すると、侯爵はなるほどと頷いた。

「交流を目的とするなら、孤児院などで慈善訪問を経験させる方がよいかもしれませんな」

「それなら孤児院だけでなく、託児所も訪問した方がいいと思います。悲しいことですが、親がいる子供といない子供では、経験したことや価値観が異なるので、その違いを知るのも重要かと」

私としては、遊べる場所を作る案を推したいけど、侯爵が妥協してくれそうなのでもう一押ししてみる。

「その代わり、ルネリュースには剣術をがんばってもらいましょう！　ある程度、自分の身を守れる方がいいですよね？」

意図せず交渉のセオリーを踏んでいるな。

最初に無理な条件を提示して、相手が難色を示したら本命の条件を出す、というあれだ。

本当に偶然だけど、いい方向に向かいそう！

「二の姫様はこう仰っているが、ルネリュース、お前は覚悟があるのか？　多少、勉強を切り詰めなければならないだろうし、剣術の稽古も今より厳しいものになるぞ？」

「やれます！　俺はお父様の息子ですから、どんなに厳しくても食らいついてみせます！」

私の想像だけど、もしかしたらルネリュースは父親のために変わろうとしているのかもね。

人から尊敬される、ひいてはルネリュースを育てた両親の評価も上がるという感じで。

「それなら一度試してみよう」

完全に許したわけではないと言いたげな言葉ではあったが、侯爵の顔は穏やかだった。

まぁ、自分の子供からあんなこと言われたら嬉しいよねぇ。

「理想の自分を夢見て、それに近づくために行動を起こせることはすばらしい才能だと思います。ルネリュース、私もおうえんしているからね！」

この経験は、ルネリュースが父親の跡を継いだときに活きてくるだろう。

やりたいことを成すために考え、周りの力を借りて叶える。

領地を運営していく中で大事な部分だからね。

そして、これから経験するであろうことも、領民の視点を理解するいい機会だ。

「ありがとうございます、ネマ様」

会話が途切れたタイミングで、例のアレ、ライナスの至宝が配膳される。

あれ？　お肉は……って、下げられたお皿は空っぽで、どうやら無意識に食べてしまったらしい。

そんな馬鹿な⁉

周りに声が聞こえないようにしてもらってから、森鬼とスピカに確認する。

「私、お肉料理食べてた？」

「普通に食べていたが？」

「会話に集中されていましたが、合間に食されていましたよ？」

二人とも、私がお肉を食べていたと言う。

本当に記憶にないんですけど‼

◆　◆　◆

ライナスの至宝を食べたあと、ベーグル一家とともに宴の会場へ戻った。

高座の席までルネリュースがエスコートしてくれ、一家とはそこで別れたのだが……。

「ネマ、探したわよ！」

「どこ行ってたの？」

ダオとマーリエが、私がいないと心配していたらしい。

「食事の会場へ行ってたの。ライナスの至宝を食べることができて幸せだったわ！」

「ネマだけずるい」

「抜けがけしたのね？」

二人に揃って責められたけど、私は閃いてしまった！

「じゃあ、いっしょに食べにいこう！」

そう。二人を連れていけば、もう一回ライナスの至宝が食べられるじゃないかと‼

早速出発しようとしたところに、お姉ちゃんも戻ってきた。

「おねえ様もいっしょにお菓子を食べにいかない？」

「ネマからのお誘いなら喜んで受けるわ」

ということで、お姉ちゃんとパウルも合流し、みんなでまた食事用の会場に向かおうとしたんだけど、マーリエからそっちじゃないと止められた。

「皇族が同席する場合は別の部屋なのよ。あそこだと、警衛隊を待機させられないでしょう？」

ほうほう。皇族用の特別室があるということか。

ダオが警衛隊に指示をすると、隊長さんが案内してくれると言う。

すでに他の隊員は動いていて、部屋に向かっているそうだ。

向かった先は宴の会場横の二階。ダオ曰く、室内なのにバルコニーがあるらしい。

部屋の扉の前には、ダオのところの隊員が立っており、もう一人、別の警衛隊員がいた。

つか、あの制服は……。

あまり見かける機会が少ない警衛隊と言えば、一つしかない。

部屋に入ると、まるで部屋の主《あるじ》ですと言わんばかりに寛《くつろ》いでいる人物がいた。

「やっぱりアイセ様だ！　こんなところに逃げてたのね！」

「逃げてない。休んでいるだけだ。お前の方こそ、僕を置いて歩き回ってただろ」

いやいや、それなら私の挨拶回りに同行してくれてもよかったんだよ？　今日のエスコート役はアイセさんだったんだし。

私が言い返そうとする前に、アイセさんの側付きさんが間に入ってくれた。

「ダオルーグ殿下も姫様方もお疲れでしょう。こちらへお座りください。今、飲み物をご用意いたしますので」

「あ、お手伝いします！」

パウルの視線で指示されたスピカが側付きさんのあとを追う。

ライナスの至宝は運ばれてくるそうなので、それを今か今かとワクワクしながら待つことしばし。

「まぁ！　見た目は可愛らしいのね」

お姉ちゃんは初めて見るライナスの至宝に、少し興奮している様子。

いざ食べようとして、ケーキにフォークを入れるのを躊躇《ためら》う。

崩すのがもったいないと思う気持ちはわからなくもないが、それ以上に美味しいから早く食べて‼

お姉ちゃんは優雅な仕草で一口サイズを口へ運び……大きく目を見開いた。

「なんて美味しいの‼　こんなに美味しいものは初めてだわ‼」

あまりの美味しさに、両頰を押さえながら感動するお姉ちゃん。

「ネマにそっくりね」

「うん、同じ反応だね」

ダオとマーリエの感想に、お姉ちゃんに似ていると言われるのは嬉しいが、私はあんなにオーバーリアクションしてないよと心の中で突っ込む。

お姉ちゃんの反応を楽しんだあと、私たちも食べる。

「うぅぅ……ほっぺた落ちるぅぅ！」

思わずフォークを振り回しそうになり、グッと手に力を入れて我慢する。

多少悶《もだ》えながらも、口の中に広がる上品な甘さを堪能していたら、アイセさんが肩を震わせていた。

「本当にそっくりで……」

どこが笑いのツボだったのかよくわからないけど、アイセさん、食べないんだったらそのケーキちょうだい！

6　これに絵を描くのだ！

「本当にネマは元気ねぇ……」

「そんなおばあちゃんみたいなこと言わないでよ」

イクゥ国使節団の歓迎の宴は無事に終わり、余韻が冷めやらぬ翌日。

ダオとマーリエがいつものように私の部屋に遊びにきた。

昨日別れ際に、私から明日も遊ぼうと誘った手前、何かおしゃべりの話題を出そうと頑張った結果、マーリエのこの発言である。

ただ、昨日は楽しかったねーって言っただけなのに……。

マーリエはどこか気怠げにパウルが淹れたお茶を飲んでいるけど、まるで孫の相手に疲れたお婆ちゃんみたいだよ？

「わたくしはあのあと、お母様の愚痴に付き合ったのよ？　褒めてもらいたいくらいだわ」

それを聞いて、私もダオもうわぁってなった。

マーリエ母の愚痴、ちょっとねちっこそうだもんね。

ちゃんと聞いてあげるマーリエは、親孝行な娘だよ！　マーリエ母も、もうちょっとマーリエ自身のことを見てくれるといいんだけどなぁ。

よく頑張りましたと、マーリエをよしよしと褒める。

いつものように照れるかと思いきや、くすぐったそうに笑ったのを見て、いろいろと溜まっているのかもしれないと感じた。

よし！　ストレス発散しよう‼

私はスピカにある物を持ってくるよう、パウルには準備をするようお願いする。

「それで、今日は何をするの？」

どんな遊びをするのか判別できるような言葉を使わなかったからか、ダオの興味は引けたようだ。

「よくぞ聞いてくれた！　じゃーん！　今日は羽子板《はごいた》をやろうと思います‼」

スピカから受け取った箱の中身を二人に見せる。

「はごいた？」

「ただの板じゃない」

マーリエの言う通り、今はただ持ち手のついた板にしか見えないだろう。今はね。

「遊び方はいたって簡単。この板で、この羽根を打ち合って、落とした方が負け」

羽子板の次に取り出したのは羽根。丸い木材に羽根を差し込んだやつ。

「へぇ。これは綺麗ね」

マーリエが綺麗だと褒めてくれた羽根は、獣舎の鳥たちの落ちた羽根を利用しているのだ！

獣舎では、こういった換羽期や換毛期に抜け落ちた羽根や毛を再利用するために、少しだけ保管されている。

そのほとんどが、獣舎で飼育している動物、特に鳥たちの巣の材料となる。

たまに、獣騎士が自分の相棒の羽根や毛でお守り的な小物を作ることもあるみたい。

「これ、ノックスと同じ色の羽根だね」

「ダオ、よく気づいたね。これはノックスの羽根で作ってもらったんだ！」

他の羽根はいろいろな鳥の羽根が混ざっているけど、一つだけ、ノックスの羽根のみで作ってもらった。

パウル監修の餌のおかげか、ノックスの羽根は色艶がよくて、羽弁《うべん》も整っていて美しい！

使うのはもったいないので、観賞用にするつもりだ。

「それで、今からやることは、この板に絵を描きます！」

絵を描かなくても羽子板はできるが、羽子板と言えば絵‼　自分で絵を描けば、世界でたった一つの自分だけの羽子板ができる！

パウルが用意してくれたお絵描きセットが二人の前に配られた。

このお絵描きセットは木材用の絵の具で、大工組合におすすめしてもらったやつだ。

こういう画材には詳しくないのだが、普段私がお絵描きに使っている絵の具と成分が違うらしい。

「じゃあ僕は鳥を描こうかな。獣王様の羽根も綺麗だったし」

色とりどりな羽根を見て、ダオは獣王様のカラフルな翼を連想したみたい。

「じゃあ、私はノックスにしよう！」

「二人とも鳥なのね……」

一人だけ違うものを描くのが嫌なのか、マーリエは羽子板を睨みながら考え込む。

それならと、私は図鑑を見て、気に入った鳥を描くのはどうかと提案した。

近衛騎士のみんなから誕生日プレゼントでもらった図鑑は、当然こっちに持ってきているし、二人にも見せたことがある。

「そうねぇ……他に思いつかないし、そうするわ」

私が改めてお願いするまでもなく、スピカが図鑑を持ってきてくれて、開いたままにできるようにとブックスタンドも用意してくれた。

羽子板に描かれる鳥といえばなんだろう？　お正月のおめでたいイメージが強いよね？　おめでたい鳥……鶴、鷹、梟《ふくろう》、鶏《にわとり》あたりかなぁ。

「ディアグロリスとかどう？　この子たち、とさかの形がすごく面白いの！」

ディアグロリス――見た目は白色レグホンなのにガチョウほどの大きさがある渡り鳥だ。雄の頭にある鶏冠《とさか》の形がとても奇抜で、鳥類の中でも特に一押しの子である。

「……凶暴そう……」

マーリエの反応はイマイチだった。

気を取り直して次の子を紹介する。

「この子はどう？　小さくてかわいいよ？」

「いや、こんな小さいのに『小さな殺戮《さつりく》者』っておかしいでしょ⁉」

図鑑の説明文を読んで、マーリエが叫ぶ。

小さな殺戮者ことサブエピは、スズメよりも小さな鳥で、常に集団で行動し、動くものには容赦なく襲いかかる肉食性の鳥である。

ワジテ大陸の固有種なので、珍しい鳥なんだけどダメか……。

「じゃあ、大きい子ならこの子とか？」

小さいのがダメならもっと大きいものならどうだと、ポリクの項目を見せてみる。

「ポリクのひなはね、綿毛みたいにふわふわしててまん丸で、すごくかわいいの！」

大型鳥類なので、雛と言えどいい大きさをしているが、雛独特の丸みは本当に可愛い！　ただ、鳴き声は可愛くなかったけど……。

「雛は可愛いかもしれないけど、親鳥が凶悪な顔をしているわ！」

まぁ、成鳥のポリクは、ほぼプテラノドンだからねぇ。

「マーリエ、ネマは生き物ならなんでも可愛いって言うから、具体的にどういう鳥がいいか言わないと」

さすがになんでもってことはないぞ！

生き物が大好きな私でも、昆虫にはご遠慮したい子もいる。Gなやつとか、足が百本のやつとか、ゲジゲジしているやつとかいろいろ。

もちろん、昆虫にも可愛い子はいるよ？　でも、見た目があれな虫を愛でることは私には無理だ‼

「ネマの感性が独特なのを失念していたわ」

失念できるということは、独特ではないと思うのは私だけだろうか？

「わたくしの好みとしては、小さくて、青か緑色した美しい鳥がいいわ」

ほっほーん。どちらもダオを連想する色だね。青は皇族だし、緑はダオそのものだし。

マーリエのリクエストにニヤニヤしながら、条件に合う鳥を探す。

青くて美しい鳥と言えば、この子しかいないだろう。

セルリアーナ――白と青のコントラストが美しく、ぴょーんっと飛び出している頭の毛がチャームポイントの鳥だ。あまりの羽根の美しさに乱獲され、今では個体数が減り、絶滅危惧種となっている。

緑色の美しい鳥は、エギダ一択だね。

私も一度だけ、オスフェ家の庭に飛来したエギダをもふったことがあるけど、緑色のシマエナガだった。

小さくて丸っこくて、動きがコミカルなところが凄く可愛い！　別名、生きた宝石だ！

あまりの可愛さに、私と鳥類マニアの庭師アイルと一緒に悶《もだ》えてたよ。

このエギダも観賞用目的で乱獲された過去を持つが、捕獲並びに飼育が禁止されたおかげで個体数は回復してきている。

まぁ、いまだに闇取引での売買はあるし、法律が施行される前に流通した剥製がめっちゃ高値で売りに出されていたりはする。

「どちらも綺麗で可愛い！　最初からこういう綺麗な鳥を教えてくれたらよかったのよ！」

「ほら、最初に紹介した子たちは個性的で覚えやすいから……」

マーリエに文句を言われたが、そもそも鳥は、哺乳類と比べて覚えにくいんだよ。雄と雌で羽根の色が違うし、近縁種も多いし……。

「それで、マーリエはどの鳥を描くか決めた？」

「このエギダにするわ」

やっぱりダオの色を選んだね！

マーリエがいじらしくて、顔がにやけそうになるのを深呼吸で誤魔化す。

「じゃあ、早速描いていこー！」

◆◆◆

「下描きにはこちらの木炭を使用します。優しく、撫でるように描かないと、筆圧で跡が残るので気をつけてください」

パウルが先生となって、絵を描く手順を説明していく。

羽子板の製作を大工組合にお願いしたとき、使用方法も伝えたら、木材に絵を描く方法を教えてくれたらしい。

「線を消したいときは、このやすりでなぞるようにすれば消えます」

ペーパーサンドのようなやすりを想像したら、配られたのはマドラーみたいな細い棒。先の部分が丸じゃなくて四角だけど……。

　この先を入れ替えることができて、幅や目の粗さなど微調整が可能なんだとか。さらに、丸や三角の形もあって、様々な加工に適しているんだって。

　地球にも、先端を変えるだけでいろいろな使い方ができる電動ドリルとかあったなぁ。

「ネマお嬢様、感心されているようですが、こちらはビーリスフの前侯爵様が発案されたものですよ」

　ビーリスフの前侯爵って……お祖父ちゃんじゃん‼

　母方の祖父は、魔道具ではない道具を作る天才だと聞いていたが……なるほど、こういうことか！

「ネマのお祖父様って凄い方なのね」

　マーリエからの褒め言葉が少しくすぐったい。いつも凄いって言われるのはパパンやママンだったからね。

「私が知らないだけで、おじい様が作ったものはたくさんあるよ！」

　ビーリスフは代々、物作り一家だ。

　お祖父ちゃんだけでなく、ママンのお祖父ちゃんも弟である叔父さんも、職人たちに有名らしい。

　そうやっておしゃべりをしながら描き続けることしばし。

　ダオとマーリエは順調に進んでいるのに対し、私の進捗が芳《かんば》しくない。

止まり木で休んでいるノックスを見ながら描いているにもかかわらず、板に描かれたノックスはどう見てもひよこ。某有名なひよこ型のお菓子にも見えてきた。

これはこれで可愛いと思うが、ノックスだと思う人はおるまい。

「ノックス、おいで」

離れて観察するからひよこになったのでは？

そう考えついて、ノックスを近距離で観察するために呼び寄せる。

器用に私の腕に留まったノックスは、軽く首を傾げて私を見つめた。

その仕草が呼んだ？　と言っているようで可愛い！

そんなノックスの頭を撫でながら、呼んだはいいもののどうやって観察しながら描くのか、今さら思い悩む。

腕に乗せたままは無理だし、テーブルの上にいてもらうのもパウルに怒られそう。

「少々お待ちください」

私の葛藤を察したパウルは、簡易キッチンの方に行き、何かを持って戻ってきた。

テーブルの上に置かれたそれは、もさもさと草が生えた台だった。

「これは？」

「ノックスの屋内訓練に使っている台です」

ノックスの訓練はお外でやることが多いが、私が建物内でも連れ歩くことがあるので、狭い室内でも動けるよう、今でも定期的に訓練を行っている。

その訓練において、狭い場所に着地したり、床にある目標を拾ったりするときにこの台を使うそうだ。

しかもこの台、パウルのお手製だと言う。訓練でノックスが脚を傷めたりしないよう、土と草を台状にしたとか。

パウルがこの草のお世話をしていると思うと、ちょっとどころかかなり面白いんですけど！

ありがたくその台を使わせてもらうことにし、ノックスに移るようお願いする。

「この台から下りないでね。わかった？」

「ピィイー！」

元気よくお返事したノックスは、しばらく動かずにいてくれた。

その後、私が相手をできないと理解したのか、毛繕いをしたり、台の上で足踏みしたりと動くようになった。

ノックスをもふりたい誘惑と戦いながら、なんとか下描きを終える。

「ノックスが近くに来てくれたから、上手くできたと思う」

ダオもノックスを参考にしていたのか、満足のいく下描きができたようだ。

「ダオが描いたの見せて！」

「完成するまでだめ！」

そう言って、ダオは羽子板に覆いかぶさって見せてくれなかった。

「完成したら、お互いに見せ合いましょう」

マーリエも下描きを見せるのは恥ずかしいのか、さりげなく隠している。

まぁ、完成したものを見せてもらえるならいいかと、マーリエの提案を受け入れた。

「では、次の手順を説明いたします。ここからは、製作者の好みが大きく反映されますので、この方法でなくとも構わないということを念頭に置かれてください」

そう前置きしてから教えられたのは、下描きを縁取ることだった。

前世で言うところのペン入れに似ているように思うが、黒で本番の線を描いてもいいし、色塗りの際の境界線を描いてもいいというものだった。

そして、失敗したときはやすりではなく、除去液を使うとも。

この除去液は、木材を傷めることなく絵の具だけを消すものなんだって。

パウルが試しにと実演してくれたんだけど、布に除去液をかけて、消したい部分に数秒間押しつける。すると、絵の具が布に染み込んで、木材の方は濡れた跡はあるが、乾くと絵の具を塗る前と同じ状態になった。

「この絵の具は、木材に染み込まないので、このように除去することが可能なのです」

これなら何度間違えても大丈夫！

でも、間違えてばかりだと進まないので、筆運びは慎重に……慎重に……あっ。

早速、除去液のお世話になってしまった。

黒い絵の具で下描きの線をなぞるだけなのに、意外と難しいぞ。

いつもの直感的なお絵描きなら、ここは赤で、こっちは青で……って直塗りできるけど、しっかり描くとなるとちゃんと清書はしておきたい。

なぜなら、下描き、ペン入れ、色塗りの順番が一番事故が少ないと思うから！　アナログ技法ならなおさらにね‼

己を鼓舞《こぶ》し、丁寧に丁寧に線をなぞっていく。途中、何度も修正したけど、そのおかげかさらにノックスっぽくなったと思う。

次は色塗りだ。

色塗りは好きなので、気持ちにも少し余裕が生まれた。

絵の具を混ぜて、ノックスの羽根の色を作る。灰色、茶色、焦茶。白色も真っ白じゃなくてちょっとだけ黄色を足す。

さすがに私の技術では、羽根の艶感やふわふわ感を表現できないので諦めた。

「できた！」

「ネマ、まだ見せないでね。同時に見せるのよ」

マーリエに釘を刺されてしまったので、ノックスとうさぎさんを衝立《ついたて》代わりにして絵が見えないようにする。

二人が描き終わるのを待つ間、ノックスのお腹に指を差し込んで、フェザーの柔らかさと温かさを堪能した。

指の抜き差しがウザかったのか、ノックスは私の手の上に座ったけど、これもよき！　抱卵中の卵の感覚が味わえる‼

指をゆっくりと動かしてグーの形にしてみると、ノックスは一度立ち上がり、もぞもぞと体勢を整えてから全身で覆いかぶさる感じになった。

　こちらの世界の猛禽類は、ほとんどの種類が交代しながら雌雄ともに抱卵する。

　なのでノックスも、本能というか条件反射的な感じで、足の間にある丸いものを温めようとしたんだと思う。

　おかげで私の片手はとってもぬくぬくだ！

「完成よ！」

「僕も！」

　私がノックスと遊んでいる間に、二人の絵も完成したみたい。

　とりあえず、うさぎさんを退《ど》けて、ノックスは動く気配がないのでこのままでいいか。

　私は空いている片手で羽子板を掴み、見せる準備をする。

「じゃあ、順番に発表ね。まずはネマからよ！」

　なぜか張り切って進行役をやるマーリエだが、その思惑はなんとなく察する。

　しかし、いいのだろうか？　私だったらトリになる方が嫌なので、最初の方が嬉しいけど。

「私のはこれよ！」

　羽子板の絵を二人に掲げてみせる。

「あら……ネマにしては上手だわ」

「うん。ノックスの特徴をよく描けていると思う」

そーでしょう、そーでしょう！　自分でもかなり上手く描けたと思うんだ！　二人にも褒められて、すっごく嬉しい‼

「じゃあ次は……ダオよ！」

「僕のはこれだよ」

やっぱりマーリエは自分を最後にしちゃったか。

そう思った次の瞬間には、ダオの絵が目に入り、驚きでそれどころではなくなった。

「すご……」

「ダオ、とっても素晴らしいわ！」

プロの画家が描いたのかと疑うくらい、美しい絵がそこにあった。

鳥が羽ばたく構図は、よく見かけるありきたりなもの。鳥の羽根も細かく描き込んでいるわけではなく、色を重ねて羽根っぽくしているだけ。なのに、この鳥には神々しさがある。

ダオって、もしかしなくても芸術の天才なのでは？

以前、粘土で遊んだときも、クオリティの高いサチェ像を作っていたし……。

「二人ともありがとう」

照れくさそうに笑うダオに、こっちまで笑顔になる。

さて、最後はマーリエだが……。

「次はマーリエだね」

ダオに振られて、マーリエは急にもじもじし始める。

マーリエの気持ちは痛いほどよくわかる！　ダオのあとだとめぇぇぇっちゃ見せたくない‼

「マーリエ、私のを見て心を落ち着けるのよ！」

会心の出来とはいえ、私の絵心なんてたかが知れている。

これと同じレベル、なんならこれよりマシだと思うんだマーリエ！

「ネマ……。そうよね。わたくしが逃げてはネマに申し訳が立たないわ」

ん？　どういう意味？

まぁ、よくわからないけど、マーリエがやる気になったのならいいか……。

「じゃあ、見せるわよ……」

えいって勢いで羽子板を掲げるマーリエ。

羽子板には見事……に可愛らしい小鳥さんが描かれていた。絵というよりは、マスコット的な愛くるしさがある。

これはこれでありなのでは？

「凄く可愛いね」

「うん。マーリエっぽくって私は好きだな」

マーリエのシンボルにしてもいいくらいだ！

「……褒めてくれてありがとう」

絵の見せ合いっこが終わったところで、パウルがまだ最後の工程が残っていることを告げた。

「絵を完全に乾かしたあと、こちらの保護液を全面にお塗りください」

保護ってことは、ニスみたいなものかな？

乾燥には文様符《もんようふ》を使用するとのことで、テーブルの上にお札《ふだ》の束が置かれた。

というかノックスよ。そろそろ私の手を温めるのやめようか？　手汗がヤバいことになってそうだから……。

「ノックス、パウルからごほうびもらおうか」

「ピッ！」

ご褒美という言葉に反応したノックスは、軽く毛繕いをしてからパウルの肩へと飛び移った。

毛繕いは身嗜みのつもりなのかな？

「文様符の魔法は『微風』です。板とは少し距離を離してお使いください」

文様符を使うのは初めてだから、ドキドキするー！

しっかりと文様符を掴んで、微風と呪文を唱える。

ふわりと風が動くのを感じ、文様符を掴んでいる指に風が当たるのがわかる。

………ドライヤーの弱《じゃく》より弱くね??

お札を持ってひたすら板に風を送るという地味な作業は、ダオが一番時間を要した。

色を重ねていたせいか、なかなか乾かなくて、ダオは自分の魔法でやった方が早いと言い出した。

加減を間違うと絵の具が剥《は》げますよ、というパウルの発言でダオは思い止まったが。

絵が乾いたら保護液を塗って、またひたすら微風で乾かす。

魔法を使っているって感じがしない！　もっと魔法感が欲しい！

絵を乾かしたときより倍近くの時間がかかった。

ちなみに私は、絵を乾かすのに二枚、保護液を乾かすのに三枚も文様符を消費した。

絵を描くのに神経を使って疲れたのもあって、完成した羽子板で遊ぶ前にちょっと休憩！

「パウル、甘いものが食べたい！」

「わたくしはさっぱりしたものが飲みたいわ」

「僕も甘いものがいいな」

各々《おの》が好きなように要望を伝える。

「すぐにご用意いたします」

パウルはその言葉通りに、あっという間にテーブルを整えていく。

「このあとは外へ行かれるので、水分はしっかりと補給してくださいね」

マーリエのリクエストだったさっぱりした飲み物は、冷たいミントもどきのハーブティーだった。

これを飲むと……ミントアイスが食べたくなる！

「そういえば、今日ってお外に出て大丈夫なのかしら？　まだイクゥ国の皆様がいらっしゃるのでしょう？」

マーリエの疑問は、ダオがすぐに解消してくれた。

「大丈夫なはずだよ。今日は一日、会談だって言ってたし」

そうだよね？　と、ダオが警衛隊員に確認する。

「はい。予定ではそうなっております。また、殿下方への制限も特に申しつけられておりません」

当然、獣王様もその会談に出席しているよね？

どうやったら獣王様と仲良くなれるか、全然思いつかないんだよなぁ。ルイさんを利用するか、それとも陛下にお願いするしかないかも。

「じゃあ、今日はお父様に会えそうにないわね」

「ここ最近、トゥーエン様はずっとお忙しいようだから……」

二人のやり取りを聞いて、私はあることを閃いた。

それには二人にも協力してもらわないといけないけど……話すのはもう少し作戦を練ってからにしよう。

ダオもマーリエも絶対に反対しそうだもん。

7 お約束の罰ゲームといえば……。

部屋からお庭にやって来たぞー！

ウルクも一緒に連れていこうと思ったのに、承諾してくれなかったのは残念だ。

ウルクは竜種なのにヘビの性質が強いのか、宮殿に来てからあんまり動きたがらないんだよねぇ。運動させた方がいいのか、竜医長さんに手紙で相談してみよう。

ちなみに、星伍と陸星、稲穂は朝からどこかへお出かけ中だ。パウルが何か指示を出していたようなので、宮殿内をいろいろ嗅ぎ回っているのだろう。

海は昨日、たくさん欲を食べたからか、お部屋でゴロゴロしていたい気分らしい。

森鬼も海と同じように寝っ転がっていたが、パウルの指名で私たちにつくことに……。庭について早々、地面に寝っ転がっているので、お昼寝できればどこでもいいみたい。

あと、スピカは休憩タイムに入っているので同行していない。今頃、パウルお手製の昼食を頬張っていることだろう。

「では、羽子板の遊び方をもう一度説明するね。この羽根を、この板で打つだけ！　それで、羽根を打ち返せずに落とした人が負けになります。負けた人には……ばつとして、勝った人に顔に落書きされるんだよ！」

絵を描く前に軽く説明したが、念のためもう一度説明しておく。

罰ゲームについては初めて言ったけど、羽子板といえば落書き！　これがないと盛り上がらないよね。

「ちょっと待ちなさい！　罰があるなんて聞いてないわ！」

「今言いました！」

「屁理屈言わない！」

だって、罰ゲームがあるって先に伝えたら、マーリエは参加してくれないじゃん！

「ちゃんとすぐ落ちるすみだから大丈夫！」

しかも、書道に使う墨汁ではなく、お肌に優しい天然由来成分一〇〇％でできているなんちゃって墨汁なのだ！

なので、紙に使うと濃い赤紫っぽい色合いをしている。

試しに私の手の甲に丸を描いて、濡れタオルで拭き取ってみせる。

「ほらね。水にぬらせばすぐに落ちるのよ」

「珍しく汚れない遊びだと思ったのに……」

あー、確かに最近は、水遊びとか泥遊びとか粘土とか、汚れるものが多かったなぁ。

「大丈夫よ、マーリエ！　負けなければいいんだから！」

私がそう告げると、ダオが呆れたように言った。

「二人とも女の子なんだから、顔じゃなくて腕でいいんじゃないかな？」

顔だから面白いんであって、腕に描いても何も面白くないよね？　それに、勝負に張り合いがなくなってしまう。

「それじゃあつまらない……」

「だめ！　ちゃんと令嬢としての品位は保たないと」

こうなったらダオは頑固だ。ダオを説得するより、妥協案を出す方がいいかも？

「じゃあ、順位をつけて、最下位の人にだけばつをするのはどう？」

まずは総当たりでやれば、三人とも一勝一敗にならない限り順位は決まるよね？　もしなっちゃったら、もう一度総当たりをやればいいし。

私の説明を聞いたダオは、少し考えてから承諾した。

「これは勝負なんだから、手加減は禁止よ。ダオ、わざと負けようとしちゃダメだからね！」

私が忠告すると、ダオは明らかに狼狽えた。

やっぱり、自分が負ければいいと考えていたようだ。

「ダオは、勝ちをゆずってもらったらうれしいの？」

「……うれしくない。ちゃんと本気でやるよ」

よしよし。

ダオが私たちのことを思って言ってくれているのは嬉しいけど、遊ぶときくらいはもうちょっと気を抜いてもいいと思うんだよね。この庭に来られる人は限られているんだし。

順番を決めるのにあみだくじをやろうと思ったら、お庭は芝生なので、地面に線が描けない。

仕方ないので、パウルに土魔法でくじ引き用の穴の空いた箱を作ってもらい、その中に1から

3の数字を書いた石を入れる。

箱の中を見ないように石を取り出して、石に書かれた数字が自分の番号となる。

番号は総当たり表……と言ってもパターンが三つしかないけど、1と2、2と3、1と3の組み合わせで羽子板勝負をするのだ。

一人ずつ箱から石を取り、それぞれ番号を告げていく。

「わたくしは2ね」

「僕は3だったよ」

「私が1ってことは……最初は私とマーリエの対決だー！」

早速勝負に取りかかろうとすると、マーリエから待ったがかかる。

「わたくしたちはやったことがないのに、いきなり勝負なのは不公平でしょう？　練習時間を要求するわ！」

マーリエの言うことにも一理ある。

私も羽子板をやったことがあるとはいえ、その記憶は遥か彼方だ。感覚を取り戻すのに、練習はあった方がいいよね？

「わかった。練習として、軽く打ち合いしてみよう！」

羽子板と羽根を持ち、バドミントンのように下から上へと打ち上げる。

カンッと独特な木の音が鳴った。音は一度だけだった。

羽根の軌道が読めず、マーリエは打ち返せなかったのだ。

「マーリエが最初に打ってみて」

初めてのマーリエには、バドミントンでいうところのレシーバーより、サービスの方がいいだろうと羽根を渡す。

私はマーリエに打ち方をレクチャーし、代わりにダオが相手に入ってくれた。

「そうそう。打つ直前まで羽根は持ってていいからね」

「うん。ダオ、いくわよ！」

真剣な顔で羽根を見つめ、マーリエは下から上へ掬《すく》うように打った。

カンッと、ちゃんと羽根が当たった音がして、ダオがそれに反応して前に出る。

羽根は高く打ち上がるも距離は出なかったようで、ダオはマーリエのすぐ近くまで来た。

マーリエに下がるよう指示したけど、ダオが打ち返す方が早い。

近距離で打ち返された羽根にマーリエは対処できず、羽根はぽとりと落ちた。

「ネマ、練習時間を延ばそうか」

「うん、そうだね」

ラリーが続かなければ意味がない。

それから三人で、羽子板の打ち方や羽根の動きに慣れるため、いっぱい練習した。

「マーリエもだいぶ打ち返せるようになったし、そろそろ勝負してみる？」

「いいわよ。ネマ、どこからでもかかって来なさい！」

「のぞむところだ！」

こうして、真剣勝負の幕は切って落とされた。

◆　◆　◆

負けられない戦いがここにあるんじゃーと、打ち上げられた羽根を思いっきり打ち返す。

角度も速さもいい感じに打てた感触があったのに、ダオはそれにも反応して打ち返してきた。

「あっ……」

ダオが体勢を崩していたからか、こちらに飛んでくる羽根の軌道は低く、私が手を伸ばしても届かない……。

「ダオルーグ殿下の勝ちです」

審判役を務めるパウルが、手を上げてダオの方を示す。

……まさかの二連敗だと⁉

マーリエは、羽根がどこに飛んでくるのか予想がつかなかったので、負けたのは仕方がない。

ちょっとしか飛ばないと思ったら、次にはそこそこ距離を飛ばしたり、真上に上がったと思ったら、まっすぐ飛んできたりと……。

あれを打ち返せた自分を褒めたい！

一敗した私は、なんとしてでもダオに勝つしかなかったわけだ。

しかし、剣術の稽古で身体能力も伸びてきているのか、ダオはどんな羽根でも打ち返した。マーリエの予測不能の羽根もすべて。

「それでは、二勝したダオルーグ殿下は一位、一勝したマーリエ嬢は二位、ネマお嬢様が三位という結果になりました」

パウルはマーリエに、例の墨汁もどきと筆を渡した。

「本当にいいの？」

マーリエは墨汁もどきを手にして、少し戸惑っている。

最下位になった人には罰ゲーム。言い出したのは私だ。

「女に二言はない！」

さぁ来い！　と、覚悟を決めて目をつぶる。

頬に触れる冷たい感触と、肌の上をなぞるくすぐったさに、体が勝手に竦《すく》む。

「あ、動かないで！」

「冷たいし、くすぐったいから無理」

「口も開けないで」

戸惑っていたマーリエはもうおらず、どこか楽しそうに私の頬に落書きを施していく。

「できたわ。次はダオね」

マーリエから墨汁もどきを受け取ったダオは、おそるおそるといった感じで筆を近づけてきた。

「ダオ、ここは思いっきりいくのよ！」

おっかなびっくりやられると、私もなんか怖くなっちゃうからさ。

再び襲ってくる冷たさとくすぐったさを、全身に力を込めて耐える。

「いいのかなぁ……」

顔に落書きを終えてもダオは、気がとがめるのか浮かない様子だった。

「言い出したのは私なんだし、ばつを受けないと私が無責任なやつになっちゃうでしょ？　それに、私は楽しいから大丈夫！」

笑顔でそう言ったのに、ダオはなんとも言えない顔をする。

「……ネマ、ごめん……」

皇族だという自覚を持ってから、あまり謝る言葉を使わなくなったはずなのに⁉

「もう我慢できない……」

ごめんからの我慢の意味がわからず首を傾げると、ダオが堰《せき》を切ったように笑い出した。

「その顔で、真面目なこと、言われても……頭に、入ってこ、ないよ……あははははっ」

笑いの合間に言葉を紡《つむ》ぐダオ。最後には、遠慮はいらないとばかりに笑い転げる。

マーリエも口元を隠しているが、確実に笑っているな。

二人の落書き、そんなに面白い出来なの？

「パウル、鏡持ってる？」

パウルは表情を変えずに、懐から取り出した小さな鏡を見せてくれた。

さすが我が家の優秀な執事！

心の中でパウルを褒めてから、鏡を覗いた。

「……ぶっふっ」

吹き出しそうになったので、すぐに手で口を塞ぐ。

両方のほっぺに花丸が描かれていて、顎にも立派な髭《ひげ》が出現してた。

昔、ギャグ漫画でよく見たやつだ！

この顔で『言い出したのは私。キリッ！』ってしてたら、そりゃ腹抱えて笑うわ‼

「マーリエ、どう？」

マーリエの目の前で、キメ顔をしてみせる。

「ふくっ……ちょ……ネマ……」

マーリエは頑張って耐えようとするが、私が次々とキメ顔を披露すると撃沈した。

しゃがみ込んで肩を震わせ、耐えきれなくなると声を出して笑う。

落書きされた顔で二人を笑わせるの、めっちゃ楽しい‼

興が乗ったので、特別に変顔も披露してしんぜよう！

「何やら楽しげな声がすると思ったら、殿下たちであったか」

突然庭に現れた人物を見て、私たちは三人とも驚きを通り越して固まった。

最初に復活したのはダオで、彼が礼を執ったことで、私とマーリエも慌てて倣う。

「獣王様、お見苦しいところをお見せして申し訳ございません」

「なに、謝る必要はない。子供が元気なことはよいことだ。して、何をして遊んでいたのだ？」

青空の下で見る獣王様は光り輝いていた。

白い髪は白銀に、翼は虹のように、尾羽根は太陽の光で青にも緑にも見える。

私が獣王様の翼に釘づけになっている間、ダオが羽子板のことを説明していた。

「はごいた……それを見せてもらっても？」

「ネマ、いいよね？」

発案者が私だからか、ダオはわざわざ私に伺いを立てる。

「いいですよ！」

ダオが羽子板と羽根を見せると、獣王様は羽根を手に取り観察する。

「本物の羽根を、しかも種類が異なる羽根を使っているが、鳥を殺したのか？」

「まさか！　抜け落ちた羽根を使用しているので、一羽も殺してないです」

鳥の獣人だからといって、羽根だけで鳥の種類がわかるってことはないだろう。もしかして、獣王様は愛鳥家？

「我が国の獣騎隊から分けてもらったんです」

「ガシェ王国の獣騎隊か。聞いたことはあるが、鳥には乗れないだろう？」

獣王様のイメージする獣騎隊は、いろんな動物に乗って戦う騎士って感じなのかな？

間違ってはいないが、獣騎隊は戦う以外にも他の部隊のサポート役を担っている。

獣騎士には複数の担当動物、通称相棒がいるわけだが、馬は必須となっており、馬以外にもう一種類、騎乗できる動物を相棒に選ぶ。

あとは、伝達用の相棒。鳥や小動物を選ぶ獣騎士が多い。

この三種類の相棒を持てて、ようやく一人前の獣騎士と認められる最低ラインだ。

そこから、獣騎士自身の特性に合う相棒を増やしていく。

戦闘が得意な獣騎士なら、クマやゴリラといったパワー系。隠密行動が得意な獣騎士なら、ネコ科の動物かネズミといった齧《げっ》歯《し》類《るい》という、隠れるのが上手かったり、素早い動物を相棒に選んでいる。

「獣騎隊には鳥もたくさんいます。鳥のお世話をする獣騎士が、担当の子の羽根をお守りにすることもあるんですよ」

他国の人に、騎士団の内情を詳しく話すことはできないので、なんともふんわりとした説明になってしまった。

獣王様は羽根のお守りに興味を示したので、私が聞いた事例を話す。

帯飾りにしたり、武器につけたりもあるが、一番多いのは小さな箱に入れて持ち歩くのだ。

相棒になって初めての換羽期は、獣騎士にとって特別らしく、お守りにしない人でも初換羽の羽根は大切に保管している。

ちなみにこの慣習、鳥を相棒にしている獣騎士だけではない。

哺乳類なら換毛期の毛を、爬虫類なら脱皮した殻を、獣騎士ならもれなく全員、何かしら持っていたりする。

まぁ、私も同類なので何も言えないけどね。

星伍と陸星の毛、ノックスの羽根はもちろん、グラーティアの脱皮殻もちゃんととってある。

魔物っ子たちの成長コレクションは密閉容器に入れて飾っているんだけど、衛生的な問題から容器から出すのも触るのも禁止されている。

保存状態がよければ、私の死後、貴重な資料になるかもしれないしね！

まぁ、欲を言えば、グラーティアの脱皮殻は成長の記録として全部保管したかった。それができなかったのは、グラーティアが脱皮を完了させる前に、何度も白に食べられたからだ。

食べないでと言いたいが、動けなくなることを嫌がったグラーティアが食べて欲しいとお願いしているらしく、ダメって言えないんだよなぁ。

なので、グラーティアの脱皮殻は結構貴重なんだよ！

「人は変わった習性があるのだな……」

ちょっと引かれているような気もするけど、ヘビの抜け殻は縁起物だし、羽根や毛をとっておくのは飼い主あるあるだよね？

獣人は、子供の成長記録として、羽根や毛をとっておかないの⁇

「獣王様、それは人に共通する習性と言うより、思い出を形あるものとして手元に持っておきたいという心情から来るものです」

人間が誤解されているからか、ダオが訂正を入れる。

そういうふうに言えばよかったのか！

今度、同じような話をする機会があったら、使わせてもらおう。

「なるほど、思い出か。しかし、人は本当に器用な生き物だな。いろいろな物を作り出す」

手のひらの上で羽根を転がしながら、獣王様はしみじみと呟く。

憂いているようにも見えるが、何かあったのだろうか？

「あの、もしかして会談が上手くいかなかったのですか？」

ダオがおそるおそる尋ねる。

そういえば、今日は一日中会談の予定だと言っていたな。早く終わったってことは、綺麗にまとまったか、早々に物別れに終わったか……。

「わたしは政治的なことに関われないのだが、粗方予想通りだったようだぞ？」

獣王様は会談中ずっと聞いているだけで、発言は一度もしていないんだとか。

獣王は元々王様として政《まつりごと》をしていた時代もあったが、イクゥ国となってからは種族の象徴としての役割しかなく、国政に関わることができないそうだ。

国の決まりとはいえ、関われないなら獣王様が会談に参加している意味ある？　って思っちゃうよね。

「そうだ！　獣王様も気分転換に羽子板をやってみませんか？」

獣王様と仲良くなろう作戦は別に考えついていたけど、運よく遭遇できたのだから、このチャンスを逃してはならぬ!!

「ネマ、急にお誘いしてはご迷惑でしょう」

マーリエに諫められて我に返る。

そうだよね。じゃあ、ここで約束を取りつけて作戦を決行する方が……。

「その誘い、喜んで受けよう」

ふわりと微笑む獣王様に、私もマーリエも一瞬何を言われたのかわからなかった。

「よかったね、ネマ。獣王様とはごいたできるよ！」

ダオの嬉しそうな声に、私は確信した。ダオも獣王様と仲良くなりたいんだと！

だったら、獣王様のお言葉に甘えて、今仲良くなっちゃおう！

「じゃあ、やり方を教えますね」

私の羽子板を使って、獣王様に打ち方を教えようと思ったら、パウルから待ったがかかる。

「今、スピカに新しい板を持ってこさせておりますので、少々お待ちください」

いつの間にと思ったが、森鬼がいるので精霊を使ったんだろう。

遊びとはいえ、獣王様に使用済みの道具を渡すのはよくないよね。

獣王様は気を使わなくてもいいって言ってくれたけど、もう使用人が向かっているからと待ってもらえるようお願いした。

「ネマ様ー！」

こちらに向かって全力ダッシュしてくるスピカの姿に、パウルの視線が鋭くなる。しかし、注意される前に気配を察知したのか、スピカは走るスピードを緩めた。

「お待たせしました！」

ボールを取ってきたわんこのように、褒めて褒めてと尻尾を振っているスピカ。

「休憩中だったのにありがとう」

よくできましたと頭を撫でれば、尻尾の速度が上がる。

それにしても、箱ごと持ってきたのか……。

羽子板に絵を描くときに失敗してもいいようにと多めに注文しちゃったんだよね。絵の具で直に描いても修正が可能だとは知らなかったからさ。

たくさん余っているし、獣王様が気に入るようだったら、何個かプレゼントしよう！

「はい。獣王様、どうぞ」

「ありがとう」

新しい羽子板を獣王様に差し出すと、笑顔で受け取ってくれた。

それから、三人で羽子板の打ち方をああだこうだと身振り手振りに、実際にも振ってみせながら教える。

獣王様は獣人ならではの身体能力を以て、短時間でそのコツを掴み、試しにダオと打ち合ったときには何十回とラリーが続いた。

そのとき、獣王様の護衛が熱心にラリーを見入っていた。というか、羽根を目で追っていたんだよね。

獣王様の護衛は、熊《ゆう》族の獣人と大虎族の獣人で、二人とも祖となる動物の本能のせいか、無意識に動くものを追いかけているみたい。

「せっかくだし、みなさんで勝ち抜き戦をやってみませんか？」

そんな護衛を見て、私は閃いた！

獣王様の護衛やダオの警衛隊も交えて交流戦みたいにすれば、みんなも楽しめるよね？

8 羽子板トーナメント！ 前編

みんなで羽子板やろうぜ！　って言ったら、即座に反対された。

主に、警衛隊と獣王様の護衛から。

勤務中に遊ぶことが引っかかるのかと思いきや、警備がおろそかになるという理由からだった。

それなら解決方法は簡単だね！

「ユーシェかサチェに来てもらえば、安心安全ですよね？」

「聖獣様に!?」

「はい。ユーシェもサチェも、子供には優しいので、よく遊んでもらっています」

ちょっと後ろから、余計なことを言うなという圧を感じたので、嘘ではないが本当でもないことを言って誤魔化す。

聖獣が契約者以外に懐かないのは有名な話だけど、契約者の身内には多少当たりが柔らかくなるのも、宮殿で働く者たちは知っている。

ユーシェとサチェだけでなく、歴代の聖獣たちもそうだったからだ。

警衛隊は、聖獣様がいらっしゃるならと折れてくれたが、獣王様の護衛たちは半信半疑といった様子だった。

森鬼を呼んで、精霊伝いで陛下と先帝様にお伺いを出して欲しいとお願いする。ちゃんと、獣王様と一緒に遊ぶことになった状況も一緒にね。

普段は大きな声で呼べば来てくれるけど、獣王様の前でそれをやったらパウルに怒られそうだし。

お二人からの返事はすぐに届いた。

先帝様は公務がないので、いつでもサチェを呼んでいいとのこと。陛下からは重要な会議中だけど、ユーシェが退屈そうなので呼んであげて欲しいって。あと、何かあったらすぐ精霊に言うようにとも。

なのでユーシェを呼ぼうとしたんだけど、またもやパウルに止められた。

「水の聖獣様をお呼びするのでしたら、水のご用意が必要なのでは？」

「あー、あっちの噴水じゃダメかな？」

建物の中なら、ユーシェやサチェが移動できるようにと水瓶がいっぱい置かれているけど、それをここまで持ってくるのも手間だ。

それに、ユーシェがこの庭で遊ぶときは、たいがいあの噴水を使っていた。

だが、国外の要人がいる前でそれはダメらしい。

聖獣の威厳に関わるとかどうとか……。それならなおさら噴水の方がいいと思うんだけど、そう感じるのは私だけのようだ。

パウルが土魔法で大きな器を作り、水魔法が使える隊員が水を溜める。

大きいだけでなんの飾りもない器を見て、やっぱり噴水の方がダイナミックな登場シーンになると思った。

「ゆ、う、しぇ！　あっそびましょー！」

いつものようにユーシェを呼ぶと、待ってましたと言わんばかりにドバーッと水柱が出現する。

水飛沫がキラキラと反射し、ユーシェの背後には虹も見える。

思っていたよりも派手に登場したなぁ。よっぽど退屈していたんだなぁ。

じゃあ、まずはあのふよんふよんなボディーを堪能させてもらおうと、ユーシェに近づこうとしたら、森鬼に少し待つよう言われた。

「なんで？」

「陛下が茶番は必要だろうと……」

茶番って、珍しくユーシェがダオにちょっかいかけていること？

ダオの頭をわしゃわしゃはむはむしているユーシェ。

サチェやカイディーテと比べて、ユーシェはダオとマーリエにも友好的ではあるけど、ご機嫌なときだけという条件がある。

陛下にも何か考えがあっての茶番なんだろうけど……。ユーシェにちょっかいかけられ慣れていないせいか、ダオがびっくりしてるよ？　茶番だってバレバレかも？

ユーシェがはむはむしたせいで、乱れてしまったダオの髪を整える。ユーシェは涎をつけないようにしてくれたようで、ダオの髪は濡れていなかった。

よし、いつものふわふわな感じに戻った！

ダオの髪をいい感じに直したあと、ユーシェに呼んだ理由を説明する。

「ユーシェ、へいかから聞いていると思うけど、私たちが獣王様と遊んでいる間、怪しい人が来ないか見張ってて欲しいの」

ユーシェは首を縦にブンブン振って、私のお願いを聞き入れてくれた。

「ユーシェが守ってくれるので、これでお二人も参加できますよね？」

本当に聖獣が来るとは思っていなかったのか、獣王様の護衛二人は明らかに困惑していた。

獣王様がユーシェの前で膝を折り、ユーシェに問いかける。

「水の聖獣様。聖獣様にそのようなことをお願いして、本当によろしいのでしょうか？」

獣人は聖獣を崇拝しているので、ユーシェにそんなことさせられないと考えているのかも？

ユーシェはもう一度首を縦に振って、一鳴きする。

いいよって言っているんだと思うが、どこか不満そうな声でもあった。

森鬼に通訳してもらおうと、森鬼の手をちょいちょいと引っ張る。

「担当者が来るそうだ」

……森鬼よ。陛下と裏でこそこそ何やってんのさ⁉

こそこそしているからには、ここで話せないことなのだろう。あとで、全部！　まるっと！聞かせてもらうからね‼

森鬼が言っていた担当者とは、陛下の警衛隊員だった。

「ユーシェ様のお言葉を伝えさせていただきます」

水と仲良しなエルフの隊員が、おっとりとした口調で告げる。

当のユーシェは、来るのが遅いとでも言っているように、前脚で地面を掘っていた。

「ユーシェ様は、殿下と姫様方が遊んでおられる間、ユーシェ様と精霊様で守護するので心配はいらないと仰《おお》せです」

本当はもっと砕けた言い方をしているんだと思う。エルフの皆さんは、精霊が大好きだから仰々しい言い方に直しただけで……。

あ、陛下がわざわざエルフの隊員を寄越したのはそれでか！

エルフ族は精霊の姿を見、声も聞くことができる。そのせいか、エルフ族は精霊を信仰し、その延長線で聖獣や神様を敬っているような感じだ。

日本人の感覚で言うなら、八百万《やおよろず》の神々が精霊で、天照大神《あまてらすおおみかみ》や須佐之男命《すさのおのみこと》といった有名な神様が聖獣や女神様で、イザナギとイザナミが創造神様みたいな感じかな。接する頻度の違いと言ってしまえば身も蓋もないが……。

そして、エルフ族は精霊の言葉を代弁するとき、絶対に嘘偽りを述べることができない。そこそこ有名な話なので、獣王様も知っていると思う。

つまり、森鬼が精霊の言葉を代弁するのと、エルフが代弁するのでは、信用度がまったく違うってこと。

陛下の気遣いで、エルフの隊員さんを派遣してくれたのだろう。

「宮殿内で危険があったなら、その犯人を即氷漬けになさるそうです」

サチェやカイディーテなら容赦しないだろうけど、ユーシェが過激なことを言うとは思わなかった。

「聖獣様がそう仰るなら、よろしくお願いいたします」

獣王様はユーシェに向かって頭を下げる。ユーシェは、フンッと鼻息を飛ばしてやる気十分みたい。

話がまとまったところで、トーナメント戦のくじ引き……の前に、トーナメント表を作らないとだね。でないと、私がこんがらがるから！

土の魔法で壁を作ってもらい、そこにトーナメント表を書いていく。

途中、スピカも参加したいと言い出したので、ついでに森鬼とパウルにも参加してもらうことにした。

なるべく試合数が均等になるようにシード的なものを入れようとしたんだけど、わけがわからなくなった。

「二の姫様、一番と六番を二回戦からにすれば、綺麗になりますよ」

「ほんとだ！」

ダオの隊員さんがくれた助言通りにすると、ある程度均等なトーナメント表になった。

聞けば、警備隊内でも勝ち抜き戦が行われているそうで、隊全体のものから、仲良し数人でやるものまで、人数に合わせたテンプレ表があるんだとか。

しかも、ダオの警備隊だけでなく、すべての警備隊がそのテンプレ表を使用しているらしい。

「そんなものがあったんだ……」

ダオも知らなかったようだ。

「ずいぶん昔から警衛隊では使われているそうですよ」

エルフの隊員さんが教えてくれた。

各隊でローカルルール的なものが存在し、トーナメント表の使い方も様々なんだって。

大体は、実力差を考慮した使い方がされているけど、シード枠的なところに入った人は魔法禁止とか、必殺技を叫びながら出すとか、条件をつけることもあるらしい。

一撃ごとに好きな人の名前を叫ぶという、もはや罰ゲームのようなものまであるというのが恐ろしい。

まぁ、訓練にも楽しめる要素があった方がいいのかもしれないね。

完成したトーナメント表はちょっと線がひょろひょろしているけど、わかれば問題なし！

一回戦では上手くバラけるよう、偶数と奇数でくじを分けることにした。

私たち子供組とオスフェ家組は奇数、イクゥ国組と警衛隊組は偶数ね。

くじ引きの結果は……私は獣王様と、ダオも獣王様の護衛の大虎族とやることに。マーリエは、シード枠に入ったので二回戦からだ。

「じゃあ、まずは練習です！」

羽子板を初めてやる護衛さんや警衛隊員たちに打ち方を教えて、各自練習してもらう。

あちこちでカンカンと木が鳴る音がして、シャトルリフティングならぬ羽根リフティングをやる人もいた。

そんな中、カッパキッという変な音が聞こえた。音のした方を見ると、熊族の護衛さんが申し訳なさそうに肩を落としている。

「申し訳ございません。力の加減が上手くいかず、板を割ってしまいました」

ほんとだ……綺麗に真っ二つになってる！

「板はまだいっぱいありますから、気にしないでください」

事態に気づいたパウルが、熊族の護衛さんに新しい羽子板を渡す。

獣人用には、もっと頑丈に作らないとダメみたい。今後の課題としよう。

ミーティアちゃんやアイリーンちゃんたちとも一緒に羽子板で遊びたいし。

◆　◆　◆

審判は公平を期すため、エルフの隊員さんにお願いした。

審判と言っても、羽根が地面に落ちたかどうかを確認するだけなんだけどね。

あとは試合なので、羽根が地面に落ちたら相手に点が入り、二点先取した方が勝ちというルールと、点が入るごとにサービスを交代するルールを追加している。

「それでは、はごいた勝ち抜き戦の一回戦第一試合を始めます！　オッサンさん、スピカさん、準備はよろしいですか？」

熊族の護衛さん、オッサンって名前だったんだよ！　アクセントは違うけど、おっさんを連想してしまうのは仕方ないよね？

大虎族の護衛さんはキトーという名前だった。イクゥ国も名前が独特だなぁって思った。まぁ、一番はエルフ族の名前だけどね。フルネームを覚えられたためしがない！

「始めっ！」

スピカとオッサンさんの試合が始まった。

サービスはスピカからで、カンッと羽根が打ち上がる。

カッカカッカッとラリーが続くものの、両者板を割らないように力を抜いてやっているからか、決定打がなかなか決まらない。

それに痺れを切らしたか、スピカが先に仕掛けた。一際甲高い音が鳴り、次の瞬間には羽根が芝生にめり込んだ。

「スピカさん、一点加点です」

次はオッサンさんのサービス。羽根は大きな弧を描いて、かなりの距離を飛んだ。

スピカの脚なら余裕で追いつけるけど、これは！

スピカが打ち返すと、オッサンさんはいかにもといったポーズで大きく羽子板を振るうが……

やっぱりフェイントだったたぁぁ！

羽根はふわりと宙を舞い、スピカのだいぶ手前に落ちる。

その後、両者一進一退で試合が進み、最後はスピカがあと一歩のところで羽根に板が届かず、負けてしまった。

「第一試合の勝者はオッサンさん！」

「ネマさまぁ……」

負けたのが悔しいのか、半泣き状態でスピカがこちらにやってくる。

「よしよし。でも、いい経験になったでしょう?」

スピカは正々堂々と勝負をした。しかし、遊びとはいえ勝負の世界。ああいった方法で翻弄《ほんろう》するような老獪《ろうかい》さも必要だ。

スピカの性格では難しいかもしれないけど……。訓練でパウルに似たようなことされていて、これだからね。

次の試合はダオと大虎族の護衛キトーさん。

試合結果は言わずもがなだけど、ダオは頑張った！

キトーさんも、皇族の子供だからと手を抜かず、ダオが打ち返せないであろう威力で打ってきたことに好感が持てる。

人が多い場面で接待プレイはされたくないもんね。

さて、いよいよ私の出番！　獣王様と真剣勝負だ‼

「第三試合、獣王様と二の姫様です」

「よろしくお願いします」

獣王様と向かい合って、ぺこりと一礼をする。

なんかこう、一対一の試合って、礼しなきゃ！　ってなるよね。間にネットとかあれば、また違った感じになるんだろうけど。

「律儀だな。では、ネマ嬢お先にどうぞ」

　愛称に嬢をつけられると違和感が凄いけど、まぁいいか。先に打たせてくれるって言うし、遠慮なく打たせてもらおう！

「えいっ！」

「ほいっ！」

「とうっ！」

「ぬわっ⁉」

　打つときに、なぜか声が出てしまうんだよなぁ。

　最後は空振りしちゃったけど、獣王様相手にラリー続いたの凄くない？　羽根も結構速かったのに。これなら、一点くらいは取れるかも‼

「ネマ嬢、いくぞ！」

　次は獣王様のサービス。私が教えた、カンッと下から掬い上げるサービスを完全に物にしている。

　こちらから仕掛けてみたいけど、私にそんな技量があるわけもなく……とわっとか、ぐぉって奇声を発しながら打ち返すのが精一杯。

「あ……」

　羽根を追いかけることに集中しすぎて、足元が疎《おろそ》かになってしまった。

バランスを崩し、倒れる瞬間――手首をクイッと曲げて、羽根を打ち返す。

私はそのまま地面にダイブしながら羽根の行方を追うが……バサリと翼の羽ばたく音がした。

翼を大きく広げて宙に舞う姿は、逆光も相まって、ギリシア神話の勝利の女神ニケのようだ。

私が神々しい光景に魅入っていると、少し離れたところに羽根が打ち返される。

審判役のエルフ隊員さんが何かを告げようと逡巡《しゅんじゅん》している間に、獣王様は翼を畳んで着地し、私に手を差し伸べてくれた。

「今のは無効だ。翼で飛び上がり打ち返すなど、大人げなかった」

私は獣王様の手を借りて起き上がり、汚れを軽く落としてから獣王様に向き直る。

「いいえ。翼を持つ獣人にとってはそれも戦法の一つです。今の点は有効ですよ！」

これが子供だけで遊んでいて、鸇《せん》族のユアン君が飛んで打ち返してきたならごねていただろう。

でも、今は試合という戦いの場である。

翼という身体能力を活かすことは、ルール違反じゃないと私は思う。

「それに、ダユさんが言ってました！　飛んだ者勝ちだと！」

キツネっぽい外見に翼を持つフリエンスという動物を祖とする翩《へん》族のダユさんは、戦いにおいて飛べる状況なら飛んだ者勝ちだと自信満々に言っていた。

私としては、遮るものがない空中の方が狙われやすそうだと思ったけどね。

「ほう、面白い考えをする者がいるのだな」

獣王様は試合中に飛んだ行為がルール違反にならないことに難色を示していたが、私が頑《かたく》なに譲らなかったこともあって、最後は折れてくれた。

「第三試合は獣王様の勝利といたします」

試合終わりにも礼をすると、獣王様は私の視線に合わせるよう膝を折った。

「ネマ嬢が我が同胞らに好意的で、わたしは嬉しく思う」

そう言って獣王様は、私の頭を撫でてくれた。

こ、これは……仲良くなれたってことでは⁉

「獣人さんたちはみんな、すてきな人ばかりですから！」

もちろん、素敵な人ばかりではないことも理解している。神様からもらった能力もあって、出会った獣人たちとは仲良くなれたし、私が恵まれているのは神様のおかげだろう。……認めるのはなんか癪《しゃく》だけど。

場所を次の試合の人、森鬼と警衛隊員に明け渡すため去ろうとする獣王様のあとを私も追う。

そろそろあれをお願いしてみようかとタイミングを見計らっているのだが……。

「ネマ嬢、怪我はしていないか？」

「はい、大丈夫です」

地面に倒れたときのことを気にかけてくれる獣王様だが、これでもかというほど服に施されている文様魔法のおかげでちょっとかすり傷になった程度ですんでいる。

芝生で擦った手のひらは文様魔法の範囲外だから仕方ない。

だけど、心配性なパウルは私たちのところへやってくると、獣王様にお許しをいただいてから、その場で私の身嗜みを整え始める。

服には浄化魔法をかけ、ボサボサになった髪を櫛で結い直し、手のひらの傷を見つけると思いっきり眉を顰《ひそ》められた。

「ラルフ様がいらっしゃらないときは無茶なことをしないとお約束していたはずですが？」

「大けがをするようなことはしないって約束だったよ？」

約束というか、私だって好き好んで痛い思いをしたいわけではない。

オスフェの屋敷では、お兄ちゃんもいるし、治癒術師も常駐しているので、最悪大怪我してもどうにかなると思っているくらいだ。

ちゃんと遊ぶときは安全第一を心がけている！

それに、ちょっと血が出る程度のかすり傷であれば、傷口を洗ったあと放置しても大丈夫だと思う。バイ菌が入って化膿《かのう》したとかであれば、即治癒魔法をお願いするけど。

「やはり怪我をしたのか……キトー」

大虎族の護衛さんを呼び、私に治癒魔法をかけるよう指示する獣王様。

キトーさんは承諾すると、私の手のひらの上にぽふっと尻尾の先を乗せた。

思わず握ってしまったのは不可抗力だ。

握った瞬間、尻尾がビクッとなったのも可愛い。

ふむ。ネコ科にしては少し太めな尻尾だね。

毛も短毛ではあるけど、ネコと比較したらちょっと長いかも？　付け根の方に向かうほど、毛の密度が高くなってる感じもする。

尻尾の先は、例えるなら大きな化粧筆みたいだ。ふぁさぁって撫でられると気持ちいい。

「終わりました」

私が尻尾の感触を堪能している間に、治療が終わってしまった。

もっと長くてもよかったのにと、名残惜しい気持ちで尻尾を解放する。

それにしても、尻尾で魔法をかけるって……なんて素敵な発想なんだ！　獣人の治癒術師は全員、この方法にするべきだと思う！　いや、してください‼

「尻尾でやってしまい、申し訳ございま……」

「すばらしい尻尾でした！」

キトーさんがなぜか謝罪しようとするので、やめさせようととっさに出た言葉が尻尾の感想だった。

獣人の治癒術師は、手と尻尾を相手や状況に応じて使い分けるそうで、私に対しては手をかざして行わなければならなかったらしい。

例えば、患者が獣人の場合、患部……つまり、弱っている部分なので、獣人の手を近づけたくないと感じるんだって。

逆に人間の患者は、患部に尻尾が触れるのを嫌うそうだ。

それを聞いて、私はあーなるほどと納得した。

確かに考えてみれば、傷口に毛が触れるのは不衛生だもんね。

でも、精神面的な癒やしならもふもふは最適なはず！　病気のときだけでも、私はもふもふ治癒魔法を受けたいぞ！

パパンにお願いして、獣人の治癒術師を雇ってもらおうっと。

「ネマ嬢、聞きたいことがあるのだが……」

「はい、なんでしょう？」

「その顔の模様の意味を教えてくれないか？　何かの儀式か魔法なのだろう？」

獣王様の言葉が理解できず、癖で首を傾げてしまう。

そのとき、私の隣にいるパウルの肩が微かに震えているのが目に入った。

おや？　っと思って周りを見回すと、いつの間にか森鬼たちの試合が終わっていた。それだけでなく、私と視線が合うと、ダオもマーリエも警衛隊員も、みんな変な顔になる。

「主《あるじ》、顔」

森鬼は指先で自分の頬を示しながら言った。

顔……頬……。

「あぁぁぁぁ‼」

罰ゲームの落書き、落としてない‼

9 羽子板トーナメント！ 後編

罰ゲームで顔に落書きをされていたことをすっかり忘れていた私。

泣きたい……こんな顔で獣王様と試合していたなんて……なんで誰も教えてくれなかったのぉぉ‼

「皆の様子を見るに、儀式や魔法ではないようだな……」

「羽子板で負けたばつで、ダオとマーリエに描いてもらったんです」

「描いてもらった？」

獣王様は、私の言い回しが気になったようだ。

なので、罰ゲームの落書きをするまでの経緯を話した。

「ネマ嬢は潔《いさぎよ》いな」

獣王様に褒められたのは嬉しいが、心の傷は深い。

パウルが濡れタオルを用意してくれたので、ようやく落書きを落とす。

「パウルもぉ、なんで教えてくれないのー！」

「その方がよいかと思いまして」

何がいいと思ったんだ！

頬を膨らませて、私はパウルの職務怠慢に怒っているんだぞとアピールする。

「獣王様と仲良くなるきっかけ作りに、ですよ」

周りに聞こえないよう耳元で言われた内容に、さすがパウル！　と感心しそうになった自分を殴りたい……。

「それ、別に指摘しても、獣王様は興味を持ってくれた可能性あるよね？　逆に、そのままの方が、顔になんか描いている変な人だと思われるよね？」

ツッコミ役をパウルがやってくれれば、滑稽《こっけい》な姿をさらさずにすんだのでは？

そう指摘すれば、パウルもそうですねと頷く。

「ですが、変わっていると思われた方が敵視されなくなりますので。……獣王様はスピカを注視しておりましたし、ネマお嬢様が獣人に心ないことをなさっていないか、観察していたことも考えられます」

あー、普通は獣人を子供の侍女にはつけないもんね。

その昔、子供が癇癪《かんしゃく》を起こしたり、暴れたりしたときに、獣人の侍女が子供に怪我を負わせてしまう事例がそこそこあったらしい。

そういうときの子供って、凄い力を発揮する。それを止める方も力が入るし、その状態で暴れられたら、そりゃあ子供の骨がポキッといってもおかしくない。

逆もまた然《しか》り。

なので、人間の子供には人間の乳母や侍女を、獣人の子供には獣人の乳母や侍女をつけるのが常識となった。

つまり、私のわがままで無理やりスピカを侍女にしている、もしくは、獣人の侍女でないと手がつけられないくらい私の癇癪が酷いって思われていたってこと？

それなら、変人に思われる方が断然いい！

「それと、そろそろマーリエ嬢の試合が終わりそうです」

パウルの言葉にハッとして、試合をやっている方を見やる。

マーリエのお相手はオッサンさん。

「わたくしが、勝てるわけ、ないでしょー！」

マーリエが叫びながら羽根を打ち返していた。

オッサンさん、かなり手加減してくれているな。スピカのときとは羽根の速度が全然違うもん。

でも、オッサンさんは楽しそうだ。熊族は子供好きな人が多いのかな？　氷熊《ひゆう》族のラックさんも子供好きでいい人だったしね。

「わたしの番か」

「獣王様、がんばってください！」

マーリエたちの試合が終わり、次は獣王様と残りの警備隊員との試合だ。

マーリエは一点も取ることなく負けてしまったらしい。

しかし、オッサンさんに笑顔を向けていることから、機嫌はよさそう。二人仲良くこちらに戻ってきた。

「それでは二回戦第二試合を始めます」

獣王様に向き合う警衛隊員は、緊張した面持ちで羽子板を構える。

「ダオのために本気でやるのよー！」

私がそう声援を送ると、警衛隊員はその意味を理解したのか顔つきが変わった。

そうそう。貴方はダオの警衛隊なのだから、ダオの評価を落とすようなまねはしないでね。

試合が始まると、最初は探り合いみたいな感じでラリーが続いた。

警衛隊員がフェイントを仕掛けても、獣王様は素早く対処してしまう。

段々ラリーの速度が上がってくると、獣王様が出遅れるようになってきた。

やはり、地上では大きな翼が負荷となってしまうようだ。それでも羽根を全部打ち返しているのは凄い。

まだまだラリーが続きそうではあったが、警衛隊員が強く打ち返すと、羽根が獣王様の頭を越えるくらい高く飛んだ。

獣王様は羽子板を伸ばすも、あとちょっと足りなかった。

まさかの警衛隊員が一点先取である。

「ふむ……」

獣王様は審判役のエルフに一時中止を求めた。

そして、翼を広げてバサバサと羽ばたいたと思ったら、左右交互に広げたりして、何かを確かめているようだ。

つい翼に目が行くけど、私はぴょこぴょこ動く尾羽根もしっかり目に焼きつけたぞ！

「待たせた。再開しよう」

そこから、獣王様の動きは一変した。

早いラリーの応酬でも、遅れるどころか素早い反応をみせる。前と今、何が違うんだろう？

私が獣王様を観察している間に、獣王様は点を取り同点になった。

じーっと獣王様を見つめ、ようやくあることに気づく。翼を微かに動かしている！

体の動きに合わせて翼が動いているのではなく、翼の付け根から上下左右にちょこっとだけ動かすことで、翼自体の位置を変えているみたい。

鳥の種類によって翼の可動域は異なるが、空を飛べる種類は複雑かつ繊細な筋肉を使って翼を制御している。

鳥が飛んでいるとき、ただ上下に翼をはためかせているように見えて、実際は様々な筋肉が微調整して、安定性を維持しているのだ。

ということは、獣王様は翼を畳んだ状態でも、翼を使って体の重心とか空気抵抗とかを調整しているってことか！

謎が解けてすっきりしたところで、獣王様が試合に勝った。

負けてしまった警衛隊員は、ダオにその健闘を褒められて照れたところを同僚に揶揄《からか》われたりして、和気藹々《わきあいあい》とした雰囲気だ。

「獣王様、すごかったです！」

「地上でこんなに動いたのはいつぶりだろうな。いい経験になった」

傅かれる身分だと、こうやってお外で遊ぶ機会がなさそうだよね。

獣王様が気分転換できたのなら、誘ってよかった！

「鳥の獣人さんはやっぱり飛ぶ方が好きですか？」

私は人間なので自力で飛ぶことはできないけど、ソルやラース君に乗って飛ぶのは大好きだ！

「鳥の獣人は皆、空を目指す。祖と同じように飛び回れたらと憧れるのだ。でも、この体がある限り、祖と同じようには飛べぬがな……」

獣王様は空を見上げ、木から飛び立った鳥を見つめる。

鳥の飛行能力は翼があるからと思われがちだが、あの丸みを帯びた体と尾羽も重要なんだよね。

そこら辺は物理や力学の話になるので、ざっくりとしたことしか知らないけど。

「獣王様の祖はどんな鳥なんですか？」

私の見立てでは、コンゴウインコとかカラフルな羽根を持つ種類が多いインコ科だと思うんだ。

「我が祖は……」

獣王様が自分の祖について語ろうとしたとき、庭に異様な音が響いた。羽子板の音ではあるんだけどやけに甲高いし、音と音の感覚が短すぎる。

「ネマ嬢、あの男も獣人なのか？」

獣王様が言うあの男って……パウルだな。

パウルと森鬼が試合を行っていて、二人とも尋常じゃないスピードで打ち合っている。

「いえ、彼は人で……あっ！」

森鬼が打ち返すと、森鬼が握っている柄の部分がベキッと音を立てて粉砕した。

当然、パウルは容赦なく羽根を打ち返すけど、こちらもパキッと嫌な音が。

「羽根が割れてしまいましたか」

羽根の丸い部分が綺麗に真っ二つに割れ、羽根も取れてしまっている。あの丸い部分、一番固い木材で作ってもらったのに⁉

「これは無効でしょうか？」

パウルが審判役のエルフに尋ねると、エルフは私を見やる。考えていることは同じだろうと思い、私は大きく頷く。

「無効です」

「わかりました。では、仕切り直しといきましょうか、シンキ」

森鬼はスピカから新しい羽子板を受け取り、パウルと睨み合う。そして、森鬼がサービスを打つと、また高速ラリーが始まった。

際どいコースも確実に打ち返すパウル。練習もせず、初めての羽子板でここまでプレイできるって、やっぱりパウルは人間じゃないのでは？

再び森鬼が板を壊してしまったが、今回は羽根が無事なのでパウルに点が入る。

「力を制御するのも大事ですが、どの部分に力を加えるかの見極めも大事ですよ」

「そうか」

パウルからのアドバイスを、森鬼は素直に受け入れる。

そのおかげなのか、今度は森鬼が点を取った。羽根が芝生にめり込んで、飾りの羽根がボロボロになったけど、割れてないからセーフ！

一進一退を繰り返し、なかなか勝負が決まらない。

「あの二人、本当に凄いね」

「ほんと、殿方は何歳になっても子供なのね」

ユーシェに作ってもらった水のクッションにもたれて観戦しているダオとマーリエ。

マーリエの感想は子供らしからぬ発言だが、あれは遊んでいるんじゃなくて、パウルが森鬼を鍛える訓練なんだよ。

何も今やらなくてもとは思うけどさ。

パウルが一点リードしている状態で、森鬼がまたもや板を粉砕した。

これでパウルが勝ったことになるんだけど、二人には試合をしていたという空気がいっさいない！

「武器での訓練も増やしましょう」

「武器は苦手だ」

森鬼には今まで、武器の訓練は扱い方を簡単に教える程度にしかしていなかったはず。武器を持った相手を素手で倒す訓練はかなりやっているけど。

それよりもだ！

「訓練はちゃんと訓練場でやりなさい！」

お庭でやったら、庭師さんの仕事が増えるでしょうが！

パウルたちの無茶な試合のせいで、あちこち芝生が禿げてしまった。それまでは、まだ許容範囲内の傷み方だったのに。

「申し訳ございません、ネマお嬢様」

「あとでへいかにあやまりにいくわよ」

いつもこの庭をぐちゃぐちゃにしてしまっているので、ここを担当する庭師にボーナスをあげた方がいいかも？

さて次は三回戦となるが、蓋を開けてみればイクゥ国組が全員勝ち進んでおり、人間はパウルのみ。

オスフェ家から渡すわけにはいかないので、それも陛下に相談してみよう。

熊族のオッサンさんと大虎族のキトーさんの試合はどちらが勝ってもおかしくないと思っていたけど、すばしっこい獲物を捕らえる能力は羽子板でも遺憾なく発揮された。

熊族のパワーで打たれた羽根は、ビュンッと飛んでいくが、優れた動体視力で羽根を捉え、優れた俊敏性で追いつき打ち返す。

「相手が打つ前に羽根の来るところがわかっているみたい……」

動体視力がいいと、スローモーションのように見えるって言うけど本当なのかな？

「ある程度なら予測つきますよ」

パウル曰く、視線の向き、全身の筋肉の動き、板の角度とかでそこそこわかるらしい。

うん。パウルは人間じゃない説、かなり濃厚になってきたな。

獣人であれば、それができることになんら違和感もない。

だけど、人間がとなると、ほんの一握りの天才と呼ばれるような人だけだよ。

「この勝負は大虎族の方が有利でしょう。ですが、熊族の方の実力もかなりのものと思われます。一度、手合わせ願いたいですね」

パウル、互角にやり合える人がいなくて欲求不満なのかな？

パウルとガチでやるとなると、オッサンさんにはお願いできない。

彼には獣王様を守るというお仕事があるからね。怪我をするおそれがあるものは断れるだろう。

総帥さんやバルグさんにお相手お願いしてみるか、オスフェ家から誰か派遣してもらうのもありか？　オルファンやジョッシュは忙しいだろうから、護衛係のマックスあたりなら呼んでも問題ないよね？

　マックスを呼ぶなら、黒《こく》に装備を食べられないようにしないとだけど。

庭師のボーナスの件やマックスの派遣など、パパンに相談することを頭の中でまとめていたら、勝負がついたようだ。

　パウルの予想通り、キトーさんが勝った。

「では、いってまいります」

「うん。がんばってねー！」

いよいよ、獣王様とパウルの試合。どうなるんだろうね。

「貴殿は人とは思えないな。どんな鍛錬をしているのか教えてもらえるか？」

「いたって普通にございます。身につくまで、ひたすら繰り返すのです」

確かに普通だけど、それであそこまで強くなれるのは、もはやチートなんだよなぁ。

パウルのサービスから始まった試合は、森鬼のときとは違って高速で打ち合うことはなかった。

カンッカンッと気持ちいい音が響く。

ラリーを見守っていると、パウルの打つ羽根があっちこっちに飛んでいるように思えた。まるで、マーリエが打っているみたいだ。

パウルのことだから考えあってのことだろうけど……。

ただラリーが続く中、先に仕掛けたのは獣王様だった。

パウルの逆側に打つような素振りを見せて……フェイントかと思ったら本当に打った！　パウルも即座に反応し、横に飛びながら打ち返した！

しかーし、獣王様はそれも読んでいたようだ！　体勢を崩しているパウルの隙をついて、さらに逆サイドを狙っていく‼

パウルは……いつの間にか方向転換して羽根を追っているだと⁉

だが、いま一歩伸びが足りなかったようで、羽根には届かなかった。

「今、パウル瞬間移動した？」

「いや、空中で向きを変えただけだ」

森鬼が教えてくれたが、それがどんな動きなのかピンとこない。

「こう……いうことだ」

　目の前で実践して見せてくれたけど、半ひねりの前方宙返りってこと？　横に飛んでいる状態で??

　半分だけひねれば向きは変わるけどさ、高さが足りなかったら地面に頭ぶつけるでしょ!?

　それからも、パウルはあっちこっちに羽根を飛ばして、時折アクロバティックな動きを見せたりした。

「もしかして……獣王様に翼を使わせようとしている？」

　前の試合では、翼の付け根部分だけを動かしていた獣王様だけど、今は片方の翼を少しだけ広げるときがたまにある。

　でもなんで？

「獣王様の勝ちです！」

　パウルは何か策を講じていたようだが、獣王様が勝った。

「なかなか楽しめた。わたしとしては貴殿の本気を見せてもらいたかったのだがな」

「いえ、わたくしめの実力不足です」

　パウルと獣王様は笑顔で握手を交わしているけど、なんかバチバチしてない？　試合は終わったよ??

　獣王様はちょっと勝気な笑みを浮かべ、パウルに何か告げて、肩を軽く叩いた。パウルは返事をせずに笑みを深める。

何か嫌味でも言われたのかしら？　パウル、まだ余裕ありそうだったし、手加減されたと獣王様は感じたのかもね。

決勝戦に入る前に、キトーさんが試合の辞退を申し出た。獣王様と試合をするのは恐れ多いとの理由で。

「キトー、これは遊びだぞ？　わたしの顔色を窺う必要はない」

「わかっております。しかし、遊びとはいえ、敬愛する獣王様と敵対するのは、私の忠義に反します」

上に立つ者としては、ここまで思われていたらさぞ嬉しいだろう。

だけど、獣王様は眉を顰めた。

「そのようなことで……盛り上がっていたのに興醒めだ」

厳しい言葉に、キトーさんの耳がぺったんこになってしまった！

「遊びだからこそ、相手の気持ちをくんであげるべきです！」

たぶん、キトーさんの中で基準というか線引きがされているんだと思う。

キトーさんの実力であれば、手加減がバレないように負けることもできるし、もしここに陛下やうちの王様がいたら、ちゃんと獣王様の面目を保つように動くはずだ。

それなのに辞退を申し出たということは、遊びだから自分の気持ち、忠誠心や誇りといったものを大事にしたかったんじゃないかな？

「えーっと、言葉にするのはむずかしいのですが……。例えば、家族への愛情ってそそぎ、そそがれ合うことで絆が深まりますよね？　でも、家族ではない人との絆はどうでしょう？」

私とパウルは主従関係だけど、パウルが忠誠を注いでくれるから、私も安心してパウルを信頼していられる。

じゃあもし、私がパウルに無関心だったら？　いて当たり前、空気のような存在として扱っていたらどうだろう？

空気はなくてはならないもの。認識はしていても、日常生活で意識することはないし、ありがたがることもない。だって、日常生活で空気がない状況になることはないのだから。

パウルは、私が無関心でも誠心誠意仕えてくれるだろう。

だけど、最初はあったであろう忠誠心はすり減り、職務への責任感や矜持で働いて、それもなくなったらオスフェ家ごと捨て去るんじゃないかな？

つまり、愛情にしろ忠誠心にしろ、思いが一方通行の場合は、相手への思いをエネルギーに使っているということ。その思いを消費しちゃったら、相手への思いもなくなる。

よく言う、失恋を癒やすには時間が一番っていうのも、思いを消費するための時間なんだよ。

だから、獣王様には興醒めとか突き放す言葉ではなく、キトーさんの気持ちを受け止めてあげて欲しいな。

「主従関係なら、主は信頼を、仕える者は忠誠をそそぎ合うことで絆が深まるのではないでしょうか？　私はいろいろやらかすし、甘えてばっかりで、主としてはふがいないですけど、パウルをいつだって信頼しています」

「注ぎ合えば絆は深まる……か。確かに、理想ではある。とはいえ、場が白けたのも事実。キトーは配慮するべきだったとわたしは思うが？」

　理想……そう言われてしまうのも仕方ない。

「それならキトーさんは、次の順位決定戦で全力で戦って、場を盛り上げればいいと思います。ですが、全力を出しても、うちのパウルに勝てるかわかりませんよ？」

　言い換えれば、うちのパウルが絶対勝つ！　っていう勝利宣言だ。

「ほう。どうだキトー、やれるか？」

「お任せください」

　耳も尻尾もピンと立てて、キトーさんはやる気満々な様子。

「ネマお嬢様にそれほど思われて、わたくしは幸せ者にございます」

　本当に嬉しく思ってくれているようで、パウルの眼差しが優しい！

「キトーさんに勝てそう？」

「ネマお嬢様のお望みとあらば」

◆　◆　◆

　そんなこんなで始まった、パウルとキトーさんの試合。

　これがなかなか白熱し、ずーっとラリーが続いて十五分は経過しただろうか。

　どんな球……じゃなかった、羽根でも拾う両者に手に汗握っていたが、今は膠着《こうちゃく》状態に陥《おちい》っている。

実は、ちょっと飽きてきた。だけど、私が煽った自覚はあるので、ちゃんと前は向いているよ。

ふと、腕に何か当たる感触がして横を見ると、獣王様の翼が当たっていた。

「あぁ、すまない」

当たっていることに気づいた獣王様は、すぐに翼を動かしてくれたけど……。

これはチャンスなのでは⁉

「あの……ちょっとだけ翼を触ってもいいですか？」

「構わないぞ？」

お許しをいただけたので、おそるおそる触れてみる。

まずは翼の中でもっとも大きな羽根、初列風切羽。翼が大きいだけに、風切羽も凄く大きい！

羽軸も太くてしっかりしているし、羽根の繊維みたいなやつも触ってわかるくらいだ。

これ一枚で、うちわとして使えそう。

ノックスの羽根は、羽弁の流れに沿うとサラサラした感触だけど、獣王様の羽根は繊維と繊維の繋ぎ目がはっきりしているからか、ぽこぽことした感触がする。

あー、あれだ！　段ボール材のなみなみした感じに似てる！

風切羽は飛ぶのに大事な羽根なので早めに切り上げて、次は前縁。鶏肉で言うところの手羽中に当たる部分。

ここは翼に受ける風を上下に流すからか、みっちり詰まっている感じがする。羽根の感触より、その下にある筋肉の方がめっちゃ主張してくるみたいな？

ファーの上からマッチョの肩揉みすれば、似た感触になりそう。森鬼で試してみるのもありだな。

翼の曲がる部分、翼角《よくかく》を越えると羽根の主張の方が強くなった。

ちなみに、翼の表面の感触は、外側と内側の違いはそんなになくて、付け根の部分の羽毛の質が見ただけでわかる程度に違うかなって感じ。付け根の外側の方がふわふわしていそうな羽根をしている。

さすがに肌に近い部分はセクハラになりそうなので、触るのは我慢したよ。

それにしても、これだけ大きいと感触もまったく違うね！

翼の表面を撫でたときのつるさら感はまぁ似ているけど、大きいから羽根の存在感がしっかり伝わってくる。ノックスだと、指がするんっていっちゃうもん。

結論、鳥をもふもふさせているのはお腹の羽根！

満足はしていないが、気になっていた部分は粗方触ったので、獣王様にお礼を言う。

「わたしの羽根を気に入ってくれたようだな。ところでネマ嬢。そろそろあれをどうにかしないか？」

獣王様が視線で示したのは、試合をしている二人。

私が獣王様の翼に夢中になっている間も、ずっとラリーが続いていたらしい。

「このまま続けていても決着はつくまい」

確かに、どちらかの体力が尽きるまで勝敗が決まらないかもしれないなぁ。

もうだいぶ陽も傾いているので、獣王様も宿泊している別宮に戻らないと、使節団の人たちが心配するだろう。

「じゃあ、引き分けですね」

審判役のエルフさんに伝えようとしたら、獣王様に呼び止められた。

「その前に、子供たちに渡したいものがある」

渡したいものってなんだろうね？

子供たちとのことなので、ダオとマーリエを呼ぶ。

ダオの目がしょぼしょぼしているけど、もしかしてうたた寝してた？

「今日はそなたらと遊べて楽しかった。お礼に、これをあげよう」

オッサンさんが獣王様に小さな箱を手渡す。

獣王様はその箱を開けて、中から取りだしたものを私たちの手の上にふわりと置いていった。

私の手のひらに置かれたのは二枚の羽根。一枚目は丸みを帯びた形状から三列風切羽かな？先の方が赤で、下の方が黄色に分かれている。

そして二枚目。こちらは下の方に綿羽がある、羽根らしい見た目の羽根だった。ふわふわな綿羽は緑色で、弁羽は綺麗な青。

ダオは丸い緑の羽根を二枚と青い羽根を一枚もらい、マーリエは黄色い羽根と緑の羽根をもらった。

ダオだけ一枚多いのは、丸い緑の羽根が他のより小さいからだろう。

「わたしの羽根だ」

えぇぇっ⁉

まさか、羽子板やっているときに抜け落ちた？

少量なら日常でも抜けることはあるけど、ひょっとしてストレス⁉　私と遊ぶのストレスだった⁇

そう思ったら、サーッと血の気が引いた。

「ネマ嬢、これは換羽のときや毛繕いで抜けたものだ。わたしは病気ではないぞ？」

「それを聞いて安心しました」

でも、抜け毛ならぬ抜け羽根が多いと病気の可能性もあるから、獣王様には健康に注意して欲しいな。

「獣王様から羽根を賜《たまわ》ることは、獣人にとって大変な名誉なんですよ」

そうオッサンさんが教えてくれた。

つまり、ご褒美的な目的で、獣王様の抜けた羽根を保管しているってことか！

となると、風切羽や尾羽根は超レアなのでは？

風切羽や尾羽根をもらえた人はすっごい功績を上げたとかなんだろうなぁ。ちょっと羨ましい。

「またわたしと遊んでくれるか？」

獣王様のお願いに、私たちは思い思いに返事をする。

「もちろんです！」

「ネマだけだと心配ですので、わたくしも同席させてくださいませ」

「僕も一緒に遊びたいです」

マーリエ、素直に獣王様と遊びたいと言えずに、私を口実に使うなんて……このツンデレさんめ！　でも、可愛いから許す！

マーリエを肘でちょいちょいして揶揄《からか》うと、何よと言いながら私のほっぺを摘まんできた。

「いひゃいよ、みゃーりぇ」

「その気持ち悪い顔をやめたら離してあげる」

気持ち悪いって……マーリエが可愛くてちょーっとニマニマしてただけじゃないか！

「そなたたちは本当に仲がよいな」

「はい、親友ですから！」

解放されたほっぺをさすっていると、ダオが元気に答えた。

さっきまでの眠そうな顔はもうない。

第三者から仲良しだねって言われたのが、私たちの仲が認められた感じがして、ダオは嬉しかったみたいだ。

「じゃあ、そろそろ……パウルー！　帰るよー‼」

その一言で、試合を強制的に終わらせた。

閑話　執事のお仕事。　視点：パウル

ルノハークの隠れ家を強襲し、その後始末も慌ただしい中、イクゥ国から使節団がやってきた。

表向きは、これまでの支援に礼を言うためとされているが、はたして本当だろうか？

天災での食糧不足や治安の悪化が落ち着いたとなれば、国に戻る難民もいるはずだ。

だが、いまだに多くのイクゥ国民が国から逃げ出している。特に、獣人が……。

父のマージェスに問い合わせても、イクゥ国の動きに不審なところはないという回答だった。

ライナス帝国の皇族を調べていた形跡はあるが、外交上のものに留まっている。

ルノハークの残党がイクゥ国の使節団に紛れていたりしないかと警戒しながら迎えた宴は、その裏で様々な情報がやり取りされていた。

その情報の精査は部下たちに任せ、さらに情報を求めてセーゴたちを使うことにする。

「イクゥ国の使節団の情報を集めてこい。彼らが何か要求したことや、使用人たちへの態度など、些細なことでもいい」

セーゴとリクセーはこんな見た目だが、ハイコボルトに進化してから身体能力が格段に向上しており、人を噛み殺すくらいはできる。

とはいえ、騎士団の隊長くらいの技術を持つ者が相手だと、手足を噛みちぎるのが精一杯だ。

親元で諜報活動の基礎を習っていたことや特性から、護衛よりも間諜の方が向いている。

「わかった！」

「おやつは食べていい？」

普段、人から食べ物をもらうなと言いつけているが、諜報活動のときは別だ。

「あぁ。たくさん愛想を振りまいてこい。イナホはどちらかと一緒に行動するように」

「きゅんっ！」

イナホのことは少々迷ったが、イナホが目立つことでセーゴとリクセーが動きやすくなるかもしれないと考えた。

「前みたいに、相性がよい男女がいたら、くっつけてやっていいからな」

「きゅぅん？」

イナホは意味がわからなかったのか不思議そうに私を見る。

軽く頭を撫でてやり、三匹を送り出した。

「カイ、寝るなら部屋に戻れ」

なぜか床で伸びているカイに声をかけると、嫌だと返された。

「みんながいる、ここがいい」

まったく……食べ過ぎて寝転がっている姿は、ネマお嬢様とそっくりだな。

「今日はダオルーグ殿下とマーリエ嬢が遊びにこられる。そこで寝ていたら驚かれるから、時間になったら別の場所に移るように」

「うん、わかった」

「それで、どんな欲を食べてそうなったのか話せるか?」

欲が人の思考と関係しているからか、カイは欲を食べる際に、その人物の心情を読み取ることがある。

ネマお嬢様やカーナお嬢様に関わる内容であれば、すぐ報告してくるので問題はないと思うが。

「うーん、なんかキラキラしてた。独占欲? に近いかも?」

抽象的な言葉ということは、あまり食べ慣れていない欲だな。

いくつか質問していくと、おおよそのことがわかった。

その欲を持っていたのは若い女性が多かったこと。カイに向けられたものではないこと。以前食べた独占欲より薄くてさらりとしていたこと。

私の憶測が正しければ、その欲は今後食べさせない方がいいだろう。

「独占欲に近いと言っていたが、ある人物の関心を引きたいとか、どうやったらお近づきになれるかといった、恋愛に由来するものではないか?」

「恋愛欲? みたいにどろっとはしていなかったよ?」

カイが食べたことのある恋愛欲がどのようなものだったかを聞く。

カイのことを好きだと告白してきた女性のものを食べたら、どろりとしていて、重苦しい味だったそうだ。

恋愛と一言で表しても、その内情は人それぞれ異なる。憧れのような淡い思いもあれば、嫉妬や束縛に駆られる重いものも。

カイが宴で食べた欲は、淡いもの。つまり、一目惚れや異性を素敵だと感じる好意のようなものだと思われる。

それを食べられたということは、その異性への関心を失うということだ。

皇帝主催の宴は、貴族にとってそういった出会いの場でもあると聞く。カイのせいで、そんな男女の出会いやきっかけをなくしてしまったのではないか？

「おそらく、カイが食べたのは恋愛感情になる前の、もしかしたらという期待だろう」

「欲になったばっかり、ってこと？　食べずに待てばいい？」

「恋愛欲に関しては、カイに向けられたものと好きな人のことを忘れたいと願っている場合、あと人様に迷惑をかけている変態のみ食べていい」

私がそう言うと、カイは少しふて腐れた。自分に向けられるものより、他人に向いている方が美味しいらしい。

とはいえ、人の恋路の邪魔になることは避けるべきだろう。

「そろそろ殿下方を迎える準備をする。お前は部屋に戻りなさい」

「…………シンキ、抱っこ」

私が促すと、カイはシンキの方へ手を伸ばして、抱えて運べと要求する。

動く気力がないというよりは、ただ人恋しいようだ。シンキもそれがわかっているようで、無言でカイを肩に担ぐ。

「これはいや」

カイが不満を告げると、シンキはカイを一度下ろした。そして、膝を折って背中を見せる。

「乗れ」

今度は素直に背中に負ぶさるカイ。抱っこにこだわっていたわけではなく、乗り心地のよさを求めていたのだろう。

それにしても、シンキは抱っこを避けているように感じた。

まさか、抱っこはネマお嬢様だけと決めているのか？

「シンキ、少し待て」

シンキを待たせ、私はウルクの側にいたセイとブドーをカイに渡した。

「カイ、こいつらの相手をしてやれ」

「いいよ」

ダオルーグ殿下とマーリエ嬢と遊ぶとなれば、ネマお嬢様は庭に出られる可能性が高い。

ネマお嬢様の守りにハクとグラーティアをつけなければならず、ウルクとスライムたちだけになってしまう。

シコンは今日、ウルクの毒針当番なので持ち場を離れられず、ウルクもスライムたちの相手はしないだろう。

そうなると、セイとブドーの面倒を見られる者が必要だ。大人しいブドーに、セイの遊び相手を任せるのは少し忍びないしな。

今日は使い物にならないであろうカイでも、スライムの遊び相手くらいはできるはずだ。それに、カイも他の魔物が側にいる方が淋しい思いをせずにすむ。

「俺はしばらくこいつらについてるから、何かあれば呼べ。お前らはいつも通りだ」

そう言ってシンキは、何もないところに視線をやり、精霊にも指示を出す。

こうすることで、私がいちいちシンキを呼びにいかなくても、精霊が代わりに伝えてくれる。

だいぶ静かになった部屋だが、殿下方が来られるまでにやることはまだ残っている。

◆　◆　◆

私の予想通り、お嬢様方はお庭に出られた。自分で絵を描いた板を使って、はごいたという遊びを楽しまれている。

はごいたの勝負に負け、罰を受けるネマお嬢様。

令嬢に相応しくない行動を止めるべきなのでしょうが、ネマお嬢様もダオルーグ殿下方も本当に楽しそうなので、今日は大目にみましょう。

「パウル、近くに気配がある。……三人いるな」

シンキに言われ、私もその気配を探ってみるが何も感じない。

完璧に気配を消せるほどの実力を持っている者が近くにいるということか。

「危険は？」

「……あれだ、獣人の偉いやつとその護衛のようだ」

なぜ獣王様がこちらに？

イクゥ国の使節団が寝泊まりしている別宮とは離れていますし、ライナス帝国との会談が早く終わったとしても、皇族の私的空間である東翼《とうよく》に立ち寄る理由はないはずです。

「相手の出方を待つ。警戒を」

こんな場所で、ネマお嬢様やダオルーグ殿下に危害を与えることをするとは思えませんが……。

周囲を警戒していると、私にも気配を感じられるようになりました。

あちらが動いたのだと理解してすぐ、お嬢様方の前に獣王様が姿を現したのです。

彼らから敵視する様子は見られず、お嬢様方にも友好な態度を取っておられます。

ネマお嬢様は獣王様の登場に驚いていましたが、すぐにいつもの……いや、あれは何か企んでいる顔ですね。

生き物の毛という毛を触らずには気がすまないお嬢様のことですから、獣王様の羽根を狙っているのでしょう。

それなら、ネマお嬢様に進言するのは控えた方がよさそうです。

「シンキ、スピカにはごいたの予備を持ってくるよう伝えるように」

この場面でネマお嬢様が企みそうなことといえば、獣王様にはごいたを経験してもらい距離を縮め、和《なご》やかな雰囲気になったところで羽根を触らせて欲しいとお願いするつもりだと思われます。

ここにはネマお嬢様方のはごいたしかないので、ネマお嬢様はご自分の板を渡そうとするでしょう。

鳥の獣人とはいえ、獣人の身体能力は高いので、板を壊されるかもしれない、と考えつかないのがネマお嬢様です。

それに、お世話になっているライナス帝国の国賓に、すでに使用されたものを使わせるのは失礼に当たります。

私の予想通り、ネマお嬢様は獣王様をお誘いし、ご自分のはごいたを渡そうとします。

それを遮《さえぎ》り、理由を説明すると、獣王様もネマお嬢様も承諾してくださいました。

スピカならすぐにやってくるだろうと思っていたが、本気の速度で走ってくるのを見て、思わず顔を顰《しか》める。

使用人が宮殿内で走るなど教育がなっていないと、カーナお嬢様やネマお嬢様を貶《おとし》める口実になるだろうが！

私の苛立ちを察知したのか、スピカは駆け足くらいの速さまで速度を落とした。それでも、一般的な人より速いが。

ダオルーグ殿下とマーリエ嬢は、いつものこととスピカの無礼を気になされないと思いますが、獣王様はどうでしょう？

気づかれないよう獣王様を窺うと、何やら真剣な眼差しでスピカを見つめていました。後ろに控える護衛にも、緊張のようなものが見て取れます。

ネマお嬢様の使用人が獣人だったことに対しての驚きにしては、シンキのことは無反応でした。シンキは使用人には見えないので、ダオルーグ殿下の側付きと勘違いしているということも考えられますが。

ネマお嬢様はスピカから予備のはごいたを受け取ると、早速獣王様にお渡しします。

獣王様を取り囲んで、お嬢様方が打ち方を教えている光景は大変微笑ましい。

時折、ネマお嬢様の手が怪しい動きを見せる以外は……。

「スピカ、もう戻ってもいいですよ」

「せっかく来たので、このまま庭で休憩します」

スピカがいいと言うなら、私はそれで構わない。

「食事はどうしたのですか？」

カイとスピカが食べられるようにと、私がパラスを作っておいたのだ。

「持ってきました！」

肩かけの鞄から、そのパラスを取り出してみせるスピカ。おやつもしっかり持ってくるとは……。

「わたくしが呼ぶまで好きにしていなさい」

はーいと返事をして、スピカはシンキが寝転がっている横に座る。

シンキと一言、二言交わしたと思ったら、スピカはシンキの口元にパラスを押しつけた。

おそらくだが、スピカがパラスを食べるかと尋ねて、シンキは断ったのだろう。

だがスピカは、食べないと力が出せなくなるとかなんとか言って、無理やり食べさせようとした。

シンキの口元が動いていることから、食べる方が面倒にならないと判断したようだな。

しかし、シンキの面倒見がいいのは構わないが、こうも甘いのはどうにかした方がよさそうだ。

楽しそうに羽根を打ち合うネマお嬢様と獣王様。私の気遣いは不要だったかもしれません。

時折、護衛のお二人がスピカを見ていることは気にかかります。

スピカ、私の知らないところで、何かやらかしていないだろうな？

スピカを問いただした方がいいかと思っていると、ネマお嬢様がみんなではごいたをやろうと言い出しました。

　護衛のお二人や警衛隊のお二人は、警備の問題があるからと断っていますが、それで納得するネマお嬢様ではありません。

警備面が不安なら、もっと強い者を呼べばいいと言わんばかりに、聖獣様の名を出したのです。

私はシンキに耳打ちをし、先に皇帝陛下へ現状を説明するようお願いした。

国賓とはいえ、イクゥ国の者にネマお嬢様の特殊な力を知られるわけにはいきませんからね。

皇帝陛下とユーシェ様はその願いを叶えてくださいました。

ネマお嬢様が特別ではなく、契約者の子供がいるから特別なんだというふうに装ってくださったのです。

　獣王様方は、聖獣様に守っていただくことに難色を示されておいででしたが、当のユーシェ様がやると仰っているのです。彼らはそれを受け入れるしかありません。

これで問題は解決したと言わんばかりに、ネマお嬢様は勝ち抜き戦の準備を進めていきます。対戦表を書くからと、私に土の壁を作るよう言い、さらにはくじの用意まで。

「ネマ様！　私もはごいたやりたいです！」

大人しく休んでいると思っていたスピカが、突然勝ち抜き戦に参加したいと言い出した。

「うーん、そうすると人数があれだから……」

ネマお嬢様が次に発する言葉の予想がつき、私はくじの数を増やします。

「森鬼とパウルもいっしょにやろう！」

スピカは喜び、シンキに板を押しつけている。

こうして、勝ち抜き戦が始まったのだが、開始早々にスピカが負けた。

あんなあからさまな陽動に引っかかるとは、次の訓練の課題にしよう。

ダオルーグ殿下は、体をちゃんと使いこなせるようにはなってきましたね。あとは成長とともに剣技も上達していくでしょう。

次はネマお嬢様と獣王様ですが……ネマお嬢様の変なかけ声はどうやったら直るのですかね？驚いたときも、ご令嬢らしい悲鳴ではなく、輩《やから》のような悲鳴ですし。

ネマお嬢様が懸命に羽根を追いかけている姿を見守っていると、お嬢様の足がもつれ、地面に倒れてしまいました。

ですが、倒れる直前に、羽根を見事に打ち返したのです。

その羽根は高く打ち上がりはしたものの、獣王様に返されてしまいましたが。

　しかし、オスフェ家の負けず嫌いな性質が、ネマお嬢様にもしっかりと受け継がれているようです。ネマお嬢様の奮闘を旦那様にお伝えしたら、さぞお喜びになるでしょう。

　試合は獣王様の勝ちとなりましたが、ネマお嬢様はご機嫌な様子で戻られました。

「獣王様の御前にございますが、ネマお嬢様の身なりを整えさせていただいてもよろしいでしょうか？」

「構わん」

　お許しをいただいたので、早速ネマお嬢様の身嗜みを整えます。

　転けた際に汚れた衣装を綺麗にし、乱れた髪を結い直し、最後にお怪我がないか全身を確かめました。

　するとやはり、とっさについたであろう左手のひらにお怪我が……。

　怪我をしないようにと以前お約束していただいたのですがね？

　ネマお嬢様に諫言《かんげん》を申し上げると、それは大怪我の方だと反論されました。

　ネマお嬢様が大怪我をされたら、私の首が本当に飛んでしまいますのでやめてください。

　それを告げると萎縮《いしゅく》なされるでしょうから黙っておきますが。

　オスフェ家とは違い、ここではすぐに治癒魔法をかけられないのだと、重ねて言い含めていると、獣王様の護衛キトー殿が治癒魔法をかけてくださいました。

　嬉々としてキトー殿の尻尾を握るネマお嬢様。

　貴族に尻尾で治癒魔法をかけるのは無礼に当たるのですが、ネマお嬢様が喜んでいては制止できませんね。

それに、ネマお嬢様のあの緩んだ顔……また何かやろうとしているようです。

そんな中、ついに獣王様があれを尋ねられました。

獣王様は何か意味があるものと捉えたようですが……。

お嬢様は顔に施された落書きの存在を忘れているのか、獣王様の問いかけの意味がわからずに困惑されております。

……笑ってはいけないのですが、落書きをされたことを忘れているのは、さすがネマお嬢様というか……。

「あぁぁぁぁ‼」

シンキが教えてしまい、ネマお嬢様が落書きされたままなことに気づかれました。

なんで教えてくれなかったのと怒られましたが、落書きがあった方が獣王様と仲良くなれるだろうと説明したら納得していただけました。

護衛のお二人の、ネマお嬢様に対する警戒も解けたようですし。

二つの試合が終わり、次は私の番です。

相手はシンキなので代わり映えはしないが、お遊びだから軽くやるか。

初めて触るはごいただが、扱いづらいのはどうやら羽根の方。飾りの羽根が邪魔をして、思った通りの軌道に打てない。

なるほど。では、羽根が邪魔できないようにすれば、軌道はどうなるのか？

空気の抵抗より羽根の速度が勝ればよいと思い、それなりに力を込めて打つ。

羽根は許容範囲内の動きをしたが、球部分の重みのせいか、軌道が単調で読みやすいのは問題だな。

しばらく打ち合っていると、シンキのはごいたが割れた。

その隙を逃さず、羽根を打ち返すが、手応えに違和感があった。羽根の球の部分が割れて、飾りの羽根も抜け、無惨な姿に。

力を込めすぎたせいだろう。

羽根の球の部分への当て方も工夫した方がよさそうだな。

羽根が割れてしまったため点は無効となったが、私の方は収穫があったのでよしとする。

シンキは新しい板を手にし、羽根を打ち上げた。

シンキも慣れてきたのか、厄介な軌道を打つようになってきた。

しかし、シンキはまたもや板を割る。力加減が上手くいってないようだ。

訓練で一般的な武器の使い方を教えはしたが、シンキが素手での戦闘を好むこともあって、そちらに注力していた。

いざというときのために、飛び道具くらいは使えるようにした方がいいかもしれない。

このはごいたも、シンキにはいい訓練になるだろう。

シンキに助言をしながら打ち合っていたが、また板を壊したことで私が勝ってしまった。

シンキとの試合を終え、ネマお嬢様のもとへ戻ると、訓練は訓練場でやれともっともなことを言われたので謝罪します。

　獣王様の護衛お二人の試合は、さすが獣人と言うべき戦いでした。

　力は熊族のオッサン殿が優《まさ》っているでしょうが、大虎族のキトー殿には獲物を捕らえる視力と俊敏性があります。

　板を壊さないよう力を抑えているオッサン殿では、勝ち目がないでしょう。

　しかし、あのお二人。ぜひとも戦ってみたいものです。宮殿にいる軍の獣人より強そうですから。

　キトー殿の勝利に終わり、いよいよ獣王様と私の試合です。

　さすがに私が勝つわけには参りませんが、少し確かめさせてもらいましょう。

　ネマお嬢様の声援を受け、獣王様と対峙します。

　獣王様から私のことを買ってくださっているようなお言葉をいただいたのは大変名誉ですが、私なんてまだまだ未熟者。

　オスフェには私より強い者がたくさんいますので。

　前の試合で、獣王様の動きが急によくなりました。

　おそらく、翼の位置を調整することで、重心を動かしているのだと思われます。

　あまり戦いに慣れていない鳥の獣人の動きを知りたかったので、不躾ではありますがいい機会です。いろいろと試させていただきます。

　羽根を上下左右、乱雑に打ち返しながら、翼がどう使われるか確かめました。

体勢が崩れたときは、無意識に均衡を正そうと翼が動くようです。

ただ、その範囲が広いのは獣人ならではというところでしょうか。

人であれば確実に片手をつかざるを得ない体勢でも、獣王様は片翼を広げることでその体勢のまま打ち返してきました。

たまに行う陽動も、重心が安定しているので自然な動作に見えるのです。

やはり、鳥の獣人の強みは、視力と均衡の安定性でしょう。

あとは、突発的な強風にどう対応するか知りたいですが、また別の機会にします。

羽根が地面に落ち、審判が獣王様の勝利を告げました。

獣王様が本気を見たかったと仰いますが、これが私の実力です。イクゥ国の者に、手の内をさらすなんて、とてもとても。

「……実に惜しい。子守りに嫌気がさしたら、わたしのところに来るとよい」

獣王様は私の肩に触れ、小さな声で仰いました。

子守り……ね。

私が仕えるに相応しい主が、ネマお嬢様以外にいらっしゃれば考えなくもないですが。

次の試合は獣王様が連続となりますので、少し休憩を取っていただいているときでした。

対戦相手である護衛のキトー殿が、試合の辞退を願ったのです。

私も仕えている身ですので、キトー殿の心情はお察しします。

本気でお相手をしなければ獣王様から不興を買い、しかし、子供たちの前で獣王様の尊厳を損なうようなことはしたくない。板挟みですよね。

私も辞退を推奨いたします。

周りへの心象を配慮するのは、仕える者の役目のうちですから。

しかし、獣王様はキトー殿を慮《おもんばか》ることなく、興醒めだと突き離されました。

私は口を挟める立場ではないので、黙って見守るしかありません。我が主は、黙っていられないようですが……。

ネマお嬢様は遊びだからこそ、相手を思いやるべきだと仰います。

ええ、本当にその通りです。私の心労も思いやっていただきたいものです。

ネマお嬢様は、ご自身の考えを獣王様に訴えました。私を例に出して。

ネマお嬢様が私に無関心だったら、ですか。面白い想定ですね。

ネマお嬢様は私がオスフェ家を捨てると考えられたようですが、旦那様はお仕えするにあたいする人物ですので、オスフェ家から離れることはしないでしょう。配置換えは希望すると思いますが。

「私はいろいろやらかすし、甘えてばっかりで、主としてはふがいないですけど、パウルをいつだって信頼しています」

ネマお嬢様から向けられる信頼はちゃんと感じておりますよ。

それに、お淑やかになられては、お世話のやりがいがなくなりますので、もうしばらくは今のままのお嬢様でいてください。

獣王様はネマお嬢様の考えを理想論だと切り捨てられましたが、その理想を現実のものとするかはその人の努力と資質によります。

叶わないと諦めては、いつまでも理想のままです。

獣王様もそれは理解していらっしゃるのでしょう。解決案をネマお嬢様に言わせるよう、さりげなく会話で誘導しておられます。

私との試合で、キトー殿が本気を出すということで話がまとまりました。

ネマお嬢様は私が勝つと信じておられるようですが、いかがしましょうかね。キトー殿に花を持たせるのもよいと思いますが……。

試合が始まり、本気を出すと言っていたキトー殿ですが、まだその様子は見られません。

いや、本気は出せないでしょう。本気を出してしまえば、はごいたがいくつあっても足りないですから。

私もそうです。キトー殿と本気でやり合うのであれば、板ではなく、丈夫な武器が欲しいところ。

「キトー殿、相談なのですが……」

打ち合いながら、キトー殿にしか聞こえない程度の声で話しかけます。

「お互いにはごいたで本気を出すのは無理だと思われます。ですので、時間を稼いで引き分けに持ち込むのはいかがですか？」

「貴方も勝つよう言われていたのではなかったか？」

「わたくしが負けても怒るような方ではございません」

どちらかと言えば、慰めてくれるでしょう。

「しかし、盛り上げよとの命は守らねば……」

「派手な動きをすればいいのですよ」

「なるほど。貴方も主君の顔を立てねばならない身。了承した」

キトー殿が私の提案を受け入れてくださったので、本気でやっているように装いつつ、試合を長期化させました。

途中で飽きてしまわれたネマお嬢様は、獣王様の翼に夢中になっておられます。

変な企みを実行する前に、ネマお嬢様の要望が叶ってよかったです。

あとは、お嬢様方がいつ試合を止めてくれるかですね。

10 作戦の後始末。 前編 視点：ヴィルヘルト

会議室には国の主たる面々が揃っていた。

国王夫妻、宰相夫妻、大臣たちに将軍。それだけでなく、彼らの補佐官や騎士団の隊長たちも参加している。

「それでは始めよう。ヴィル、頼んだよ」

「はい」

父上に言われ、今日までの成果の説明を始めた。

「捕らえたルノハークの証言を基に、時系列をまとめてみた。まずそもそも、ルノハークはいつ作られたものなのかというところからだが……」

我々がルノハークと呼んでいる組織だが、当の本人たちはプラティム派だと言っていた。

プラティムとは、創聖教の至上派が台頭し始めた頃、実力行使に訴えてでも人が他種族の上に立つべきだと唱えていた主祭の名前だ。

その人物はあまりにも過激だからと主祭の座から下ろされたのだが、水面下で自らの教えを広めていたらしい。

その信者らと、獣人への暴力行為も行っていたそうだが、当時の創聖教がもみ消し、すべてただの事件として処理されたようだ。

創聖教の悩みの種のような存在だったプラティム派の行動が過激になり始めたのがおよそ二十巡前。

プラティムは神託を受けたと言い出し、おかしな言動が酷くなった。そして、十五巡前に女神のもとへ旅立った。

そんな変な奴が来て、女神様も困っただろうな。

プラティムの跡を継いだのが、自らをカルム・アスディロンと名乗る人物。

奴は最初姿を見せず、すべて書面で指示を出していた。プラティムが指名した後継だからと、信者も最初は従っていたようだが、姿を見せない指導者に不信を募らせていく。

それを察したのか、ようやくカルムが姿を見せたが、奴は仮面をしていて風貌は誰も見たことがないと言っていた。

古参の信者は、当時の聖主は歳若く、プラティムの隠し子なのではと疑っていたらしい。声が子供のようだったと。

「これが真実であれば、聖主は三十歳前後と考えられる」

まぁ、種族が人だったらな。

「プラティム派を引き継いだ聖主は布教に力を注ぐとともに、表向きは至上派として勢力を拡大し、聖主の方からミルマ国のソヌ族に接触したそうだ」

ミルマ国のソヌ族は、約束を反故《ほご》にしたオム族を恨んでいた。これに関しては我が国も関与しているのでなんとも言えないのだが……。

聖主が接触してきたことは、ソヌ族にとっても都合がよかったのだろう。

オム族がミルマ国の王たらしめる所以《ゆえん》は、大聖女の末裔であることが大きいからな。オム族が大聖女の血族ではないと捏造するにしても、創聖教の口添えがあれば信憑性を増すことができる。

「そして、プラティム派とソヌ族が手を組み、互いの活動を支援していた」

プラティム派はソヌ族から洗脳魔法と隠れ家を提供してもらい、その代償としてソヌ族へ資金と創聖教との繋がりを提供する。

「洗脳魔法を手に入れた聖主は、洗脳で信者を増やし、我々の知らないところで行動を起こしていた」

まずは創聖教内に洗脳した信者たちを送り込む。一気にやると怪しまれるので、至上派を中心にゆっくり行っていた。

洗脳した神官を他国へ派遣し、ファーシアとミルマ国以外にも活動拠点を作る。

そうして、我が国だけでなく、ライナス帝国やイクゥ国にも活動基盤を作り上げた。

ある程度の人員が揃うと、ある日突然、遺跡の調査を命じられたと古参の信者たちは証言している。

しかも、明確に場所を指定していたということだったので、あの大昔の地図を手に入れたのがこの頃なのかもしれない。

いくつか遺跡を調べたのち、今度はドワーフ探しが始まる。

その過程で、邪魔な魔物を追い払ったりもしていたようだ。

「では、オスフェ領に魔物が集まったのは偶然だと？」

「このときはまだ、意図したものではなかったようだ」

オスフェ公を宥め、話を続ける。

「聖主は警戒心が強いのか、これらの行動は世間に露呈しないよう、かなり時間をかけて行われていた。そんな聖主が、およそ八巡前から方向性を変えた」

この場にいる半数ほどは、今から八巡前に何があったか察しがついただろう。

聖主は、ネマが……愛し子が生まれたことを知り、そして壮大な野望を抱いた。

◆◆◆

カーリデュベルの身柄引き渡しに指定された場所は、遺跡からほど近い川だった。

魔力を封じる魔道具と縄で厳重に拘束されているカーリデュベルは気を失ったままだ。

川の水が突然盛り上がると、その中からセリューノス陛下の聖獣ユーシェが姿を現した。

感情のない、氷のような目でカーリデュベルを見つめる。

『これ？　って聞いてるよ？』

精霊がユーシェの言葉を伝えてくれた。

「あぁ。これを陛下のもとに届けて欲しい」

そう頼むやいなや、川の水がうねり、生き物のように動いたと思ったら、カーリデュベルにまとわりついて川に引きずり込んでしまう。

「……生かしたまま届けて欲しいんだが？」

『大丈夫だってー。ばびゅーんって着くよ！』

ネマ語を使うのやめろ。

聖獣が大丈夫だと言うなら、ちゃんと生きた状態でいると信じよう。

「では、陛下によろしくな。あと、ネマにも」

俺がそう言うと、ユーシェは荒々しく鳴いて、川の中に消えた。

『ヴィルに言われなくても愛し子とは仲良しだって言ってたよ！』

自分の方がネマと仲良しだと主張したかったのか？

『なに、水のは坊に悋気《りんき》しているだけのこと』

嫉妬するならラースの方だろう。ラースが怖いから俺の方に言ったのかもしれないが。

俺は遺跡へ戻り、本隊と護送班の撤収と見張り班へ新たな指示を出す。

見張り班はこのまま残り、調査班と明日やってくる研究員たちの護衛も兼ねることになる。

俺も捕まえたルノハークの尋問と捜査の指揮を執るために戻るので、ここの指揮をストハン総帥に移行した。

「騎士団の取りまとめはルーシャスとレスティンに任せる」

「御意」

特殊部隊の副隊長であるルーシャスに、現場経験の多いレスティンがいれば、ストハン総帥の指揮下でも柔軟に対応してくれるだろう。

ライナス帝国側からは二名のエルフが王宮まで同行することになった。

これは捕まえたルノハークの中に帝国民がいることもあり、俺がお願いしたのだ。

「捜査班のエルフもそちらに派遣しよう。彼らはそういったことが専門だからな！」

ストハン総帥の厚意は嬉しいが、セリューノス陛下に承諾をもらわずに決めていいのだろうか？

だが、うちの将軍もガハハと笑いながら同じことをしそうだと、目の前の総帥を見て思った。

戦闘集団の頂点に立つと、皆、このように豪胆な性格になってしまうのかと考えたとき、少しだけ自分を省《かえり》みる。……気をつけよう。


王宮に戻れば、即座に大臣たちに捕まった。

もう夜更けなのに、わざわざ待ち構えていたのか!?

「殿下、捕虜の人数が想定より大幅に超過しております。それらに伴う費用はいかがなさるおつもりで？」

サンラスは本当に金銭面のことになるとうるさい。この作戦のための臨時予算にはまだ余裕があるはずだ。

「臨時予算に余裕があるとお考えではないでしょうね？　そもそも臨時予算自体、通常の予算を切り詰めて捻出した……」

「わかった。俺の予算から補填する」

　また日頃の経費削減がどうのという話までされてはたまらないと、自分に割り当てられた予算を使うことを承諾する。

「それでしたら、すぐに試算をお持ちいたします」

　俺自身はあまり買い物などしないので、王太子に割り当てられた予算のうち、自由に使える分を烈騎隊の方に回していた。遠征費用に上乗せしているだけなので、それを回収すればいいか。

「次は僕から。ライナス帝国の軍人を連れてくるなら、事前連絡が欲しかったです。急に転移魔法陣から来て驚いたので。あと、頭のスライムはヒスイですか？」

「これはヒスイだが、無視しろ。それと、本当にもうエルフが到着したのか？」

　ユージンは俺の問いに是と答えた。

　確かに、ストハン総帥はエルフを派遣してくれると言ったが、それから半日も経ってないぞ？

　遺跡で人員を送るために使用した転移魔法陣は一方通行なので、作戦に参加した騎士たちは歩きでワイズ領の転移魔法陣が設置してある砦に向かっている。俺はラースに乗って早々に戻ってきたわけだが。

「ストハン総帥がそんなに早く動くとは思わなかった。エルフが好みそうな離宮はあったか？」

　派遣された人数にもよるが、さすがにエルフを騎士団の寮に詰め込むことはできない。

　彼らは自然に近く、親和性のある精霊がいる環境でないと精神を病むこともあるからだ。

「それに関しては問題ないみたいです。ラース様とディーのおかげで、精霊がいっぱいいると言っていたので」

そういえば、ディーに日参してくっついている精霊がそこそこいたな。

「私からは領主としての報告です。国境沿いに虫がいっぱい発生しているのは問題ですので、警備強化をお願いし、陛下から承認をいただきました。ですので、実際に現地をご覧になった殿下の助言もいただければと思います」

オリヴィエの言う虫とはルノハークのことだろうが、ソヌ族の件もある。

悪党は悪党を呼ぶので、治安が悪くならないよう警備の強化は当然か。

「ゼルナンとも協議をして、東部統括本部へ通達する」

今回の作戦にワイズ領を受け持つ第三部隊も参加したので、彼らの意見も取り入れた方がいいだろう。

「ありがとうございます。それで殿下は明日の予定はどうなされるのですか？」

「先にエルフの責任者に会って話を詰める。明日の昼過ぎには、騎士たちも帰ってくるだろう」

騎士たちは夜間に移動しているため、二日は休ませてやりたい。

捕まえたルノハークの戸籍を調べることから始めれば、王宮に詰めている人員でやれる。それに、帝国民と判明した者は早々にライナス帝国へ送り返せば、こちらの負担も減る。

「畏まりました。我々は執務室に詰めておりますので、何かありましたら早急に！　お知らせください」

「あぁ……って、お前たちはいいとして、デールラントも屋敷に帰っていないのか？」

「わたしたちは、と言うのは聞き捨てなりませんが、デールもセルリア夫人が戻るまで帰らないつもりですよ、あれは」

「ひとりぼっちだし」

サンラスとオリヴィエの説明でいろいろ察した。

俺がラルフとセルリア夫人に協力を願ったせいで、デールラントはずっと独りだったのだと。

「奴に屋敷へ帰って、作戦の功労者を労《ねぎら》えと、俺が命じていたと伝えろ」

「ラルフのためですね。お任せください」

オリヴィエは目を細めて俺を見つめた。俺を揶揄《からか》いたくてしょうがないという目だ。

幼い頃から親交があるため、姉のような存在ではあるが……その顔はやめろ。

このままでは、オリヴィエに揶揄われ、サンラスに小言を言われ、ユージンにヒスイのことを聞かれそうなので、早々に退散する。

翌朝——いつものように、精霊たちに叩き起こされて目が覚めた。

身支度と朝食を終えてから、シーリオへ精霊を飛ばす。

『エルフはだめだってー』

『精霊術師のこと嫌ってるってシーリオが言ってた！』

エルフ族は、精霊を便利な道具のように使い潰す精霊術師をそれはもう親の仇のごとく憎んでいる。

それもあってシーリオはエルフに会えないと言っているのだろうが、ちゃんと精霊を敬う精霊術師であれば友好的に接してくれるはずだ。

「契約している精霊を見せれば問題ない。仕事だから文句言わずに来い！」

奴が契約している土の精霊を見れば、信頼関係が築かれているとエルフもわかるだろう。

『セラフィの方がやる気！』

『セラフィが連れていくってー』

あぁ、契約している精霊のことか。

土の精霊にしては珍しい性格をしていると思ったが、まさかエルフを殺《や》る気じゃないよな？

そこはかとない不安を残し、俺はエルフたちが滞在している離宮へと向かった。


「ストハン総帥の命にて、ライナス帝国軍中央方面隊情報作戦団諜報部指揮官のレイリウス・ジュダ・エグラルゼンと部下十五名が参りました」

ライナス帝国軍は縦割り組織なので、どうしても所属を名乗るときに長ったらしくなる。

「ストハン総帥のご厚意に感謝する。本題に入る前に、彼の紹介をさせて欲しい」

シーリオを彼らの前に出すと、ざわりと空気が揺れた。

「王国騎士団情報部隊の隊長、シーリオ・ユジィだ。彼は見ての通り精霊術師でもある」

エルフたちはシーリオよりも、彼と契約している精霊の方を見つめる。

『シーリオ、私のことは紹介してくれないって酷いと思わない？　あら、ジュド族がいるわ。うちのシーリオをよろしくね！』

「俺と契約している土の中位精霊、セラフィだ。ここでは精霊と交流を持てる者が少ないので、エルフの皆さんに仲良くしてもらえると嬉しい」

　エルフの反応を気にしてか、シーリオにしてはぎこちない挨拶だった。

　それを周りにいる精霊たちが揶揄う。それにもいちいち返事をするシーリオを見て、エルフたちのまとう空気が変わった。

「精霊様に好かれている方を我々が受け入れない理由はございません。短い間ですが、セラフィ様、シーリオ殿、よろしくお願いいたします」

　エルフは精霊至上主義だからな。シーリオへの精霊の態度を見せれば、すぐに受け入れると思っていた。

「では、本題に入ろうか」

　まず、捕まえたルノハークの数が多いため、ライナス帝国の戸籍を持つ者を選別し、その者たちの処遇は帝国に一任することにした。

「もちろん、そちらで聞き出した証言はすべて報告してもらうのが条件だ」

　レイリウスは即答せず、部下の一人が彼に耳打ちをしてから承諾した。精霊を使って軍の上層部と連絡を取り合っているようだ。

「尋問も我らの方法で構わないということで問題ありませんか？」

「もちろんだが、何かあるのか？」

「ある尋問方法を試したいと志願する者が多いので……」

　そう答えたレイリウスの視線が、今日も俺にくっついているヒスイへと向けられる。

ヒスイはその気配を感じ取ったのか、のーんと気の抜ける鳴き声を発した。それに答えるように、エルフたちが連れているスライムたちも鳴き始める。

「のーん！」

威張るかのように体を膨らませるヒスイだが、とりあえず鬱陶《うっとう》しいので指で弾いて黙らせる。どうやら、自分が一番強いと主張していたらしい。

それから、ガシェ王国とライナス帝国以外の戸籍を持つ者、また戸籍制度がない国の者など、どういうふうに調べ、どこが受け持つかを話し合う。

とはいえ、エルフが多く所属しているライナス帝国軍にほとんどお願いすることになったが。

そして、騎士団が行う尋問にもエルフが立ち会ってくれるので、真偽を精査する時間がかなり省《はぶ》ける。

臨時の収容所は、ガシェ王国の者と出身地不明の者だけになり、だいぶ静かになった。

こんなに狩り残していたとは、とデールラントとラルフは悔しがっていたが、時間が経って増えただけのことだろう。他国にいたルノハークはほぼ野放しだったからな。

これから本格的にルノハークの内情を聞き出そうとしていたとき、セリューノス陛下からようやくお誘いが来た。

陛下からはいろいろ条件を出されたが、ようは誰にも知られずに来いと。

こっそり王宮から抜け出したら、俺が怒られるのだが？

その怒りそうな面々の顔が思い浮かび、ため息が出る。

仕方ない……精霊たちにも協力してもらうか。

ラースに命じてもらい、俺とラースの行き先を誰にも教えないよう、精霊たちに口止めする。

精霊相手には、契約者がお願いするより、聖獣が命令する方が効力が高いからだ。

陽が昇る前の早朝。ラースを王宮の森に先に行かせ、俺は静かに自室を出る。

部屋には、調べ物をしてくると書き置きしたので、すぐに捜索されることはないはずだ。

まずはラルフやシーリオが精霊に聞いて居場所を確認しようとし、精霊たちもなんやかんやとはぐらかす。それである程度察するだろう。

人目を忍んで王宮内を歩くのはいつぶりだ？　幼い頃はよく、ラルフと王宮を抜け出そうとしていたのにな。

精霊に人がいない道を先導してもらい、隠し通路も使いながら、王宮の端にある森を目指す。

ラースと合流し、一気に雲の上まで飛ぶ。目的地は、ライナス帝国の宮殿ではなく、ワイバーンの竜舎。

そんなところに、精霊が入れない場所があるとは思えないが、行けばわかるだろう。

11 作戦の後始末。後編　視点：ヴィルヘルト

ライナス帝国の帝都に近づくと、雨が降っていた。

水の精霊たちが楽しそうに、あちらこちらで跳ね回っている。

『水のの仕業だな』

聖獣の力を使って雨を降らせているということは、よっぽど俺がそこへ行くことを知られたくないらしい。

『来たー！』

『こっちこっち！』

ワイバーンの竜舎がある岩山の周辺には、濃い霧が立ち込めていた。

精霊たちに導いてもらい、ラースは山頂近くの狭い平地に下りる。

サーッと風が吹き抜け、霧が薄まると、目の前に古びた家があった。

「ヴィル、よく来たね」

家の前にはセリューノス陛下と彼の警衛隊の姿が。

「陛下もお元気そうで」

「伯父様と呼んでくれていいんだよ？」

そうお願いされたが、正直、陛下は伯父という感じがしない。先祖返りで見た目が若いことも

相まってなおさら。

しかし、トゥーエン殿やルイベンス殿をおじと呼ぶこともない。俺は、彼らが殿下と呼ばれている間は、親族としてよりも皇族としての立場を尊重したいと思っている。

「身内だけのときにでも」

そう躱すと、セリューノス陛下は肩をすくめる。

ユーシェと警衛隊は外で待つのか、家に足を踏み入れたのは陛下と俺、ラースだけだった。

『ラース様も外で待ちましょう！』

『ここはだめです！』

『僕たちの見えないところなんですよ‼』

精霊たちが必死にラースを説得している。ミルマ国の遺跡でも見た反応だ。

そんな精霊たちをラースは無視し、俺も陛下のあとを追って地下の部屋に入る。

すると、あんなにいた精霊がいっさいいなくなった。

「カーリデュベル、久しぶりだね」

石の壁には、二つの遺跡で見たものと似た模様が刻まれているが、この家も遺跡の名残りだったりするのだろうか？

ラースが入っても余裕があるくらい広い部屋だが、家具が棚と椅子しかない。

「ちゃんとお世話はしてもらえているようだ」

陛下が話しかけても、椅子に拘束されているカーリデュベルは反応を返さない。

捕まえたときに着ていた外套は脱がされていたが、思ったよりも綺麗に保たれている。

奴の世話を誰かがしているのは、陛下の発言からして間違いないようだ。

「さて、カーリデュベル。話してくれるか？　君がなぜ、あんな奴らと行動をともにしているのか」

しばらく沈黙が続くと、陛下は大げさにため息を吐き、棚へと向かった。

棚の扉を開くと、中には薬品や鞭、金属の棒などが見えた。何に使うかは明白だ。

陛下は金属の棒を手に取り、カーリデュベルの前に立つ。そして、その棒をカーリデュベルの腹に突きつけ、ゆっくりと押し込んでいく。

「ぐっ……いぎっ……」

苦悶の声を聞き、俺はあることに気づいた。

棒を押し込んでいる場所が、ストハン総帥に殴られた部分なのだということに。

数日経っているとはいえ、獣人に、しかも戦闘能力の高い大虎族に殴られたのだ。手加減されていても、まだ完全には治っていないだろう。

陛下はけっして血を流すことはなく、だが痛みが長く続く方法でカーリデュベルから話を聞き出していった。

カーリデュベルがしゃべれば、それ以上その部位を痛めつけることはせず、絶妙な具合で彼の心を弱らせる技術はさすがと言ったところか。

だが、どんなに痛めつけようと、カーリデュベルは聖主の正体を吐かない。

それならばと、スライムのヒスイを使おうとしたが、陛下に止められた。

「それはネフェルティマ嬢のスライムだろう？　それに、ここを汚すと私が怒られるからやめなさい」

陛下は、ネマのスライムに変なものを食べさせたくないとのお考えのようだ。あと、スライムを使った尋問はいろいろな体液で汚れるので、水捌けがいい場所でやった方がいいことを教えてくださった。

なぜそれを陛下がご存じなのかは聞かない方がいいだろう。

カーリデュベルは自身のことであれば、比較的素直に自白した。それにより、こいつが聖主でないと確証が持てた。

彼は農家の三男として生まれた。五人兄妹で、兄二人と弟妹が一人ずつ、両親と祖父の八人家族だったようだ。

兄弟が多いということは、両親の仲がよいのだろうと思ったが、一概には言えないらしい。

陛下曰く、貧しい農村地域では、稼ぎ手として多く子を儲けようとする傾向があると。

しかし、祖父が女神のもとへ旅立ち、一番下の弟が病いに罹り、子を養えなくなった両親は食い扶持を減らすためにカーリデュベルを創聖教の教会に奉仕へ出した。

教会で偉い人の目に留まれば、末っ子の病気を治してもらえるかもしれないという淡い期待をして。

両親がカーリデュベルを選んだのは、当時の彼が一番価値がなかったからだろう。

兄たちは畑仕事の人手であり、妹は良家に嫁げる可能性がある。病気の末っ子は、その幼さゆえに憐憫《れんびん》の気持ちが勝ったのではないか。

カーリデュベルは、両親に捨てられたと告げた。彼が幼心に酷く傷ついたことが感じ取れる。

教会での奉仕は、最低限の衣食住が提供されるが、奉仕である以上賃金は発生しない。お参りにきた信者から、たまに心づけとして小銭がもらえるくらいだ。

そんな生活をしていたカーリデュベルが、教会で聖主に出会ったのが十三歳の頃。

聖主の身元に繋がりそうなことは一言も発せず、ひたすらに慈悲深いだの、信念に感銘を受けただの語り出した。

聖主の教えとやらは、他種族は愚かだから人が導かねばならないと謳《うた》い、他種族が人の居場所を奪っているから貧しい者がいるのだと唆《そそのか》す。

これのどこが素晴らしいのか、まったく理解できない。

聖主が謳う世界を見てみたいと、カーリデュベルは聖主へ心酔していったようだ。

聖主が命じるまま、教会にファーシアへ行かせて欲しいと願い出て、ファーシアの神学校へ入った。

神学校で修行しながら、カーリデュベルは聖主の影武者として動くようになる。

プラティムという過激な思想を持つ神官に接触し、聖主を引き合わせた。聖主がプラティムの後継として派閥を率いるようになると、聖主の代わりに信者の前に姿を見せる。

ファーシアで順当に出世すると、ライナス帝国の神官長として派遣され、その地位を利用して工作も行っていた。

「やはり、后《きさき》への誹《そし》りは、そなたたちが図ったことか！」

皇后陛下が一部の貴族から軽んじられている。

謀略の渦巻く貴族社会では避けられないことだとしても、帝国の貴族たちはやりすぎた。

甘言に乗せられ、引き際を見誤り、帝国に敵なす存在を助長させたのだ。

カーリデュベルは、息も絶え絶えに告げる。皇族の求心力が衰えれば、いかに忠誠心の高い獣でも見放すでしょうと。

獣人がそっぽを向けば、ライナス帝国の国防力は著しく低下するだろう。

「なるほど。それと同時にストハン総帥に冤罪をかけ、獣人が皇族に疑念を抱くようにしたかったのだな」

ネマが遭遇したという、ワイバーンの卵泥棒の件か。

ストハン総帥も狙われていたとは……。確かに、彼にはこういった絡め手の方が効きそうではあるが。

「聖主様が、すべて、造り替えられる、のです」

「ラーシア大陸にある国をすべて壊し、新たな国を造るつもりだったか。愚かな」

陛下は愚かだと吐き捨てたが、カーリデュベルは陛下を見て嗤《わら》った。

「次代の聖獣が、現れず……神に、見捨てられたのは、あなたたちの……方です」

たまに口さがない者が、皇后陛下の出自に絡めてそういったことを言っていると話に聞いたことはある。

「しかし、お前たちの企みは失敗した。つまり、創造神様はライナス帝国をまだ必要だとお考えであるということだ。その証に、我らのもとに新たな聖獣を授けられたのではないか？」

俺が横から口を出すと、カーリデュベルは悔しそうに顔を顰める。

新たな聖獣、ディーがこちらに来た経緯はまったく違うが、創造神様がライナス帝国を滅ぼすつもりがないという確信はある。——ネマだ。

愛し子であるネマがライナス帝国と深く関わったのは、皇族がネマの言うところの『神様のお気に入り』だからだろう。

「聖主様は、愛し子は……国を興すと……」

「どういう意味だ？」

陛下はカーリデュベルの右足の甲に金属の棒を押し当てた。ゆっくりと力が加わり、カーリデュベルは痛みから逃れようともがく。

すでに足の指はすべて折られているので、触れるだけでも激痛を感じているはず。

「い、いとしごの……ちからを……せ、しゅさまが……」

聖主は愛し子がいれば、新たな国を造れると信じているのか？

「ラース、愛し子にそんな力があるのか？」

過去の愛し子の事例に照らして、ネマが女王になるかもなと、ふざけて言ったことがある。

しかし、ネマの性格を鑑みても、王には向いていない。人材に恵まれているオスフェ家の娘だから、あれこれやれているだけだ。

今は幼いということもあるだろうが、大きくなっても本質は変わらず、周りを翻弄《ほんろう》するだろう。

『役目を成すために、創造主より何らかの力は与えられておろう。しかし、その力は愛し子にしかわかるまい』

愛し子には役目があるという。ガシェ王国の初代国王ギィもライナス帝国の初代ロスランも、愛し子であったからには、何か役目を与えられていたはずだ。

それが新たな国を興すこと、とは考えにくい。愛し子が興さなくても、創造神様が望めば国は興る。

つまり、二人の愛し子が与えられた役目は、国を興したあとに成したものではないのか？

二人の愛し子が成した功績を思い出すも、共通するものが多すぎる。

国を興した者が成す政策は、似かよるものなのかもな。

「愛し子に国を興せる力があると、なぜ聖主が知っているのだ？」

カーリデュベルは、知らないと答えた。

ある日、信者の精霊術師が、愛し子を見てきたと精霊が告げたことを聖主に報告したそうだ。

愛し子とは何かと問うても、精霊は愛し子は愛し子だとしか言わず、聖主様はご存じないかと。

おそらく、この精霊術師はイクゥ国の鉱山跡地で捕まえた奴のことだと思われる。

精霊術師と契約していた精霊は消滅し、精霊術師は堕落者になった。世界から見放されたことを感じ取ったのか、精霊術師は精神を壊し、今では牢獄の片隅で消滅した精霊の名を呟くだけの、人ではない何かになっている。

愛し子の存在を知った聖主は、その日から愛し子に執着し始めた。

ネマを誘拐するための準備にも、相当時間をかけたようだ。

「もともと、せいしゅさまは、何かを……さがしておられた。もいちど、いせきをくま、なくしらべろと」

聖主が別の目的で遺跡を捜索していただと？

ラルフが見つけた古い地図には、遺跡の場所に印が書かれていたな。あと、意味がわからない文章も。

そちらの探し物も気になるが、聖主がもう一度遺跡を調べろと指示したということは、精霊を弾く術の存在を知っていた可能性があるのではないか？

そうして、最初にワイズ領の遺跡で精霊を弾く術を見つけた。

その術が我々に見つかることを危惧し、捜索を終えた遺跡を壊していたとしたら……ミルマ国で盗掘を行っていたことに繋がる。

精霊を弾く術を手に入れた聖主だが、そのままでは使えないと考えた。

壁一面に文様を刻むのも非効率的だし、入れない場所があれば精霊は勘づく。

精霊を弾く術の改良を行う過程で、大量の魔石が必要となり、人から魔力を取り出す禁忌に手を染めた。その被害者になったのが、貧民街の者たちだった。

オスフェ領に魔物を追いやっていたのも、オスフェ家とガシェ王国の力を削り、ネマを誘拐しやすい状況を作り出そうとしていた。

信者が先走ったせいで、ネマの誘拐は失敗に終わったが、それがなかったら今頃は……。

それに、まだ気になる点は残っている。

ガシェ王国内でそんなことが起きていたのに、ラースが察知できなかった。

聖主が精霊に口止めしていたとしたら、聖主は『愛し子と同等の力』を持っているということになる。

「聖主は精霊を見ることができるのか？」

「みることは……できない。でも……よく、せいれに、はなし、かけていた」

見ることはできないのに、しゃべりかける……まるでネマのようではないか！

ネマは真名での契約ではないため、精霊を見ることができないでいる。

しかし、愛し子であるがゆえに、ネマが望んだことを精霊は叶えようとする。

ネマと聖主に共通点があるなんて……。

「本当に、ネマ以外の愛し子はいないんだよな？」

ラースに問えば、しっかりと肯定してくれた。しかし……。

『愛し子のように好ましく感じる者はいるかもしれんな』

その言葉にとてつもない衝撃を受けた。

まさか、そんなことがあってたまるかと――。

◆
◆
◆

カーリデュベルへの尋問を終えて部屋へ戻ると、怪しい人物がいた。

室内なのにくすんだ色の外套を頭までかぶり、背中に獣人の特徴らしき膨らみがある以外、性別も年齢も表情さえわからない。

明らかな不審者に思わず身構えるも、陛下が気さくに声をかけたので警戒を解く。

「マロウ、あれの世話をしてくれて感謝する」

「…………」

「いや、もう少し頼む。それより、久しぶりなのだし、顔は見せてくれないのかい？」

「…………」

「あぁ。彼は私の可愛い甥っ子だよ。見ての通り、契約者でもあるから大丈夫だ」

陛下にはあの人物の声が聞こえているのか？

困惑している俺を他所に、陛下はさも当然といった様子で紹介を始めた。

「ヴィル、彼は幼い頃からの私の友人であり、忠臣でもある竜医長のマロウだ」

そして、陛下が俺のことを紹介している間に、マロウとやらは怯えた素振りを見せながら外套を脱いだ。

俺は驚きで声も出なかった。

先ほど地下で受けた衝撃とは別の衝撃が走る。

「……魔族!?」

背中の膨らみは、魔族の特徴である飛竜のような翼だった。

しかし、俺が唯一見た魔族は白銀の髪をしていたと思ったが、記憶違いか？

「ヴィルは魔族を見るのは初めてだったかな？」

「いえ、水の花宴一座が我が国に来たときに一度」

「あぁ。ネオ殿だね。プープガー奏者の」

水の花宴一座は、陛下が後援者をしている旅興行の一座だ。

その一座には珍しい動物や獣人に加え、水の聖獣とその契約者、俺が見た魔族と、とんでもない座員を揃えている。

「その魔族は白銀の髪をしていたと思うのですが？」

「確かに、ネオ殿は珍しい白銀の髪をしているね。しかし、魔族の多くはマロウのような黒い髪をしているんだよ」

改めてマロウ殿の方を向くと、彼は脱いだ外套を再び着ようとしていた。

陛下がそれを止め、外套を没収してしまう。

「陛下よりお若く見えます。あと、無理強いは嫌われますよ」

陛下も先祖返りの影響で若い頃のままだが、魔族も老けないのだろうか？

「マロウ、何歳だ？」

「…………」

「あー、そうだね。私もわからなくなってゼアチルに聞くんだけど、彼女も忘れているんだ」

ただ陛下より若いって言っただけなのに、なぜか年寄りくさい会話をしている陛下。というか、マロウ殿の声、本当に聞こえないのだが？

『坊。あの魔族は声が小さいから、精霊が届けているな』

ラースが念話で教えてくれた。納得はしたものの、精霊が声を届けなければ会話が成立しないとなると、普段の生活はどうしているのか謎だ。

マロウ殿の声を、俺にも聞こえるようにして欲しいと精霊に頼む。

「マロウが最初に友人になった皇族は誰だったかな？」

「タビリスだよ……」

精霊に届けさせてもか細い声だったが、上げられた名前にまたもや驚く。

「となると、四季《よんき》前くらいだから、四百歳は超えてるな。ゼアチルより歳上だったのか……」

タビリス皇帝といえば、ガシェ王国に所縁の深い皇帝である。

初代国王ギィの後ろ盾となり、王として未熟なギィを教え導いた人物だと言われている。

「マロウ殿は、我が国の初代ギィ国王にお会いしたことはありますか？」

思わず問いかけると、マロウ殿は人見知りの子供のように、陛下の後ろに隠れた。どうやら怯えさせてしまったようだ。

「会ったことはない。でも、タビィから話を聞いた」

ずいぶん昔の記憶だから明確ではないと断りを入れてから、マロウ殿はタビリス皇帝が語ったギィ国王のことを教えてくれた。

並ならぬ力を秘めており、契約者のいない聖獣が入れ替わり立ち替わりギィを口説いていたそうだ。

結局ギィは生涯聖獣と契約することはなかったが、タビリス皇帝は信念がある、民に尽くすよい王だとギィを評価していたと言う。

ギィの手記から読み取れる為人《ひととなり》と逸脱するようなものはないか……。

ギィも精霊を見ることはできないが、力を借りることはできた。そして、精霊の言葉を伝える者が側にいた。

やはり、愛し子の共通点が聖主にも当てはまってしまう……。

「ライナス帝国の初代ロスラン陛下はどのような人物なのでしょうか？」

「ロスラン？　なぜまた？」

ギィ国王の話をしていたのに、ロスランの名を出したからか、陛下に訝しまれる。

地下で感じたこと、愛し子の共通点などを説明すると、陛下は顔を顰めた。

「ロスランはライナス帝国の礎《いしずえ》を築いた偉大なお方だが……酷く人嫌いを拗《こじ》らせていたらしくてね。彼の話をするなら、場所を移そう」

陛下の態度でいろいろと察した。

彼の表向きな面ではなく、裏の部分は帝国の恥に当たるのだと。

我が国でも、先々代のときに国内外問わずやらかした御仁がいるので、公然と言うには躊躇わられるのもわかる。

陛下から聞いたロスランは、ネマとは違った意味で奔放なお方のようだ。

ギィが一番まともに思えるが、後世に残っていないだけで、彼も似たようなものだったりしてな。

もしくは逆に、彼が異質だったか……。

12 好奇心も過ぎると痛い目をみる。

朝から雨が降っていて、もうすぐお昼だというのに薄暗い。場所によっては、霧も発生しているとか。

今日は室内で遊ぶつもりだったが、予定を変更してウルクの背中でまったり中。

お日様が出てないからか、ウルクがご機嫌斜めだったので、日向ぼっこの代わりに私が温めているのだ！

「ウルクは狭いところ大丈夫なの？」

爬虫類の性質が強いのであれば、雨の日はどこかで雨宿りをしていたよね？

地球産のヘビなら、岩場の隙間や落ち葉の下でじっとしているけど、ウルクの場合は尻尾が邪魔で雨宿りできる場所が限られていそう。

『狭いところは好きではない』

「じゃあ、お外で暮らしていたとき、雨の日はどうしてたの？」

『大きな虫の巣穴を借りていたぞ』

はて？　ウルクが入れるほど大きな穴を掘る虫……。

虫の巣といえば、ハチやアリがとっさに思い浮かぶが、ウルクのサイズとなると魔蟲《まむし》の可能性が高い。

大きさ、見た目、習性などをウルクから聞き出し、導き出した答えは……極悪甲種アリ型！

ルルド山のアリさんも極悪甲種だが、ウルクが暮らしていた地域のアリは、アリさんよりも一回りほど小さい種類のようだ。

そのアリの巣の入り口を、雨の日に間借りしていると。

「その虫を食べたりするの？」

『あれは食わない方がいいぞ？』

ウルク曰く、ずっとお腹に溜まり、痛くなることがあるらしい。

どうやら、甲種の外骨格が丈夫すぎて、消化不良を起こしてしまうみたい。

なので、ウルクのように丸呑みするタイプより、ワイバーンなどバリバリっと食べるタイプ向きのようだ。

極悪甲種のアリも雨の日は巣に篭もるので、ウルクが巣穴の入り口に居座っても問題ないとのこと。雨の日限定の共生ってことかな？

アリはウルクが自分たちを襲わないと知っていて、用心棒代わりだと思っているのかもしれないね。

雨の日でもウルクが寛げるよう、何か暖房器具の魔道具を用意しようと思ったんだけど、狭いのが苦手となるとちょっと悩むな。

ホットカーペット的なものだと低温火傷が心配だし、部屋の温度を上げると星伍や陸星が熱中症になるかもしれないし……。

日向ぼっこしているときみたいに、ぽかぽか温めてくれるものがないかなぁ？

窓の外のどんよりと暗い雲を見て閃いた！　照明で暖かくできればいいんだと！

照明の魔道具は種類がいっぱいあるそうなので、暖かくする機能つきのもあるかもしれない。

魔道具はお姉ちゃんが詳しいので、学術殿《がくじゅつでん》から帰ってきたら聞いてみよーっと。

それから魔物っ子たちと一緒にゴロゴロまったり怠惰に過ごし、日が暮れる前には雨も上がった。

「明日はお外で遊べそうだね」

窓の外を眺めて呟いたら、森鬼も私に釣られて窓の外を見て、そしてなぜか首を傾げた。稲穂もだ。

森鬼は何かを見かけたとかだろうが、稲穂はたぶん森鬼を真似ただけだな。

「どうしたの？」

稲穂の頭を撫でながら森鬼に尋ねる。

「いや、精霊が落ち着いたようだ」

詳しく聞いたら、朝から精霊たちの様子がおかしかったらしい。それが今は落ち着いていると。

いつも雨の日は水の精霊が少しはしゃぐくらいなのに、今日はどの精霊もそわそわしたり、あちこち飛び回っていたそうだ。

「じゃあ、精霊さんに聞いてみたら？　何があったの？　って」

「……内緒、だそうだ」

内緒かぁ……。そんなこと言われたら、余計に気になるね。

「この雨はそのないしょに関係あったりする？」

雨が関係するなら、陛下がユーシェの力を使ったか、精霊にお願いした可能性がある。

「……それも内緒だそうだ」

それも内緒ってことは、陛下じゃない可能性もあるから……じゃあ、サチェ？　先帝様が皇太后様のために降らせたとか？

いくつか質問してみても、精霊から返ってくる答えは内緒と秘密だけだった。

せめて、はいかいいえで答えてくれたら、正解が導き出せるかもしれないのに……。

そういえば、前世にそんな感じの遊びがあったな。

「あ、戻ってきたよ！」

「カーナ様とシェルだ！」

じゃれ合いをしていた星伍と陸星が、ダダダッと駆けてきて教えてくれた。匂いや足音で、誰かを判断しているっぽい。

「教えてくれてありがとう。いっしょにおねえ様をお出迎えしましょう！」

魔物っ子たちを引き連れ、扉の前で待機しようと思ったら、もう扉が開いた。

「おねえ様、おかえりなさい！」

「ネマ！　ただいま戻りましたわ！」

いつも通りぎゅーっとハグされたけど、すぐに解放される。

「今日はずっとお部屋で遊んでいたのかしら？」

「うん。それで、おねえ様に聞きたいことがあって」

お姉ちゃんと手を繋いでリビングに行き、早速照明の魔道具のことを質問した。

ウルクのために、雨の日でも日向ぼっこをしている感じになる照明が欲しいことも。

「暖かい光はあることはあるけど、ネマが望んでいるような狭い範囲をほんのり暖かくするものではないわね」

やはり、暖房器具的なものしかないのか……。

「でも、少し手を加えれば大丈夫よ。わたくしに任せて！」

自信満々に胸を張るお姉ちゃん。思わず拍手してしまった。さすがママンの娘！

◆　◆　◆

雲一つない晴天！　お外で遊ぶにはもってこいだね。

それなのに……ウルクは窓辺で稲穂と一緒に二度寝中だ。

お散歩行こうって誘っても、スパッと断られた。お部屋の方が居心地いいからって。

それを聞いて、竜医長さんの手紙に書いてあったのはこれか！　って納得したよね。

竜種は、環境の変化に適応するためだったり、健康維持のためだったり、ただの気分だったりと理由は様々だけど、自分で活動量を減らすことがあるらしい。特に地竜はその傾向が飛竜に比べて強いんだとか。

そう書いてある手紙を読んで、リンドドレイクはまったり過ごしている子の方が多いと、ダンさんが言っていたことを思い出した。

お部屋の居心地がよくて、のんべんだらりしたい気持ちはわかるので、ウルクにはそのまま日向ぼっこを堪能してもらう。

森鬼を連れてお庭に向かっている途中、ルイさんと遭遇した。

「ネマちゃん、特に予定がないなら、僕に付き合わない？」

突然、ナンパのように誘われてびっくり！

普段より警衛隊の人数が多いことから、これから公務なんじゃないの??

「ルイ様、お仕事があるんでしょ？」

チラリと警衛隊の隊長を見やる。

以前、ルイさんとお忍びでエルフの森に行ったとき、庶民に扮した私の伯父役をしてくれたフォードルさんだ。母親役をしてくれたメルさんもいる。

二人とも特に何も反応を示さないことから、私が同行しても問題ないみたいだけど……。

「そうなんだけど、癒やしが欲しいなぁって」

ルイさん自身、やる気ゼロな感じだな。テンションが下がるくらい嫌な公務なんだろうか？

念のため、何のお仕事なのか聞いてみた。

「獣王様の案内役だよ」

「行くっ！」

即答すると、ルイさんが私を抱き上げた。逃がさないぞっていうことらしい。

「案内って、どこを案内するんですか？」

「宮殿のあちこちだね。獣人が多く働いているところを中心にと考えてはいるけど」

獣人が多いとなると、軍部の詰め所かテオさんのところの警衛隊が思い浮かぶ。あと、スピカがよく顔を出しているという獣人用の休憩室かな？

ひょっとして、私が行ったことない場所を見せてもらえるかも！

うきうきしながらルイさんに抱っこされてついていくと、馬車に乗せられた。

宮殿といっても敷地が広いため、敷地内の移動も馬車を使う。

獣王様たちが泊まっている別宮までお迎えにいった。

獣王様は私も一緒だったことに驚いてはいたが、すぐに歓迎してくれた。

「そうしていると、ネマ嬢はやはり子供なんだな」

ルイさんに抱っこされている私を見て、獣王様は微笑む。

馬車を降りてすぐ、またルイさんに抱っこされたんだよね。獣王様に失礼だから下ろしてって言っても、ルイさんは素知らぬ顔。

獣王様はそのままでいいって許してくれたけど、不敬だって怒られても知らないよ！

ルイさんへの怒っているぞアピールは効果なく、結局ルイさんは私を抱っこしたまま獣王様と会話を続け、見たい場所はあるかと要望を聞いた。

「帝都全体を見渡せる場所はあるだろうか？」

どういう街なのか上から眺めてみたいけど、他国の空を飛ぶのは護衛の面からダメだと言われたらしい。

「それなら、宮殿の時報せの塔から帝都をご覧いただけますよ」

えっ⁉　あの塔登れるの？

軍部の詰め所に遊びにいくときに先端の方だけが見えるのだが、宮殿では誰も時報せの塔の話をしないので立ち入り禁止なのだと思っていた。

「ネマ嬢も異論はないようだな」

獣王様が私を見て言った。

私の目はきっと、好奇心でキラキラしているのだろう。

もちろん、異論なんてない！


再び馬車に乗ってやってきた時報せの塔。宮殿にはどこからでも見えるよう、三つ設置されているそうだ。

ダオたちとピクニックで見た帝都の時報せの塔はオベリスクに似た細長い塔で、宮殿のものは物凄くとんがっている。いわゆる尖塔ってやつなんだろうけど、こんなにとんがらせるものなの？

天辺近くに展望室があるそうなので、そこまで階段を上らないといけないみたい。

階段の手前で、ルイさんはさりげなく私を森鬼に渡した。

ははーん。ルイさん、私を抱っこして階段はきついと判断したな？

まぁ、ルイさんもいいお歳ですし、鍛えているといっても本職の面々には敵うまい。

「ネマちゃんが何を考えているのかだいたい予想はつくけど、安全のためだからね」

そう言われて、私は頷いた。

体力に不安のあるルイさんよりも、森鬼の方が安全なのは確かだからだ。

それは塔の半分くらいまで上ったところで証明された。

「ルイ殿は少々体を鍛えた方がよいのではないか？」

「これでも普通の人よりはある方なんです」

私は抱っこで運ばれているので疲れてないが、ルイさんの方は明らかにペースが落ちて、獣王様にまで心配されている。

「こうなったら奥の手を使おう。エリダ、いつものお願い」

エリダと呼ばれた女性の警衛隊員が、ルイさんに治癒魔法をかける。

ちょっとずるい感じもするけど、ルイさんの今日のお役目は獣王様の案内係だもんね。獣王様より先に疲れたのでもう無理です、なんて言って途中でやめることはできない。

ようやく展望室の階に到着すると、何もないがらんとした部屋だった。

ガラスの入ってない吹きさらしの窓がいくつもあり、部屋の雰囲気に合ってない古いベンチと小さなローテーブルがあるだけ。

展望室って言うから、もっとお洒落な感じだと思ったのに……。

はっ！　時間を知らせる魔道具はどこだ⁉

「あぁ、魔道具がある部屋はもう少し上だよ。でも、点検と魔力補充のときしか入れないし、保護具がないと光で失明することもあるから、絶対に侵入しないように！」

転移魔法陣のキラキラを見るために作ったサングラスを使えば……って思ったけど、ルイさんに釘を刺されたので今日は諦めるか。

なので、今度魔道具を点検する日に、お姉ちゃんと一緒に見学させてもらえないか、ルイさんに聞いてみた。

「ここを管理している者が許可したらね」

ルイさんとしては、詳しくない分野なので現場責任者の判断を優先するとのこと。

もし、断られたら潔く諦めてとも言われた。その代わり、お姉ちゃんと一緒に見学できる場所に連れていってくれるって！

「それよりも、ネマちゃんも外の景色を堪能しなきゃ」

私の興味を魔道具から逸《そら》そうと、ルイさんが窓の方へ促す。

私が覗くには身長がちょーっと足りなかったので、再びルイさんに抱っこしてもらった。

すぐ視界に入ってきたのは、輝青宮《きしょうきゅう》正面に広がる大庭園。ここからでも噴水の水がキラキラ反射しているのがわかる。

「大庭園も上から見るとすごい！」

庭師たちが丹精込めて造っている大庭園は、宮殿を訪れる者たちの目を楽しませるために、とんでもない労力が割かれているのだろう。

近くで見ても、輝青宮の窓から見ても、時報せの塔から見ても、それぞれ違う魅力があった。

そして、奥に広がるのが帝都の街並み。昨日の雨のおかげか、遠くまではっきり見通せる。

エルフの森は煙が立ち上っているのですぐにわかった。こうして見ると、宮殿からそこそこ距離があるなぁ。また行きたいね！

それから獣王様と一緒に、ルイさんによる帝都のうんちくをたくさん聞かせてもらった。

特に帝都の中でも、獣人が多く暮らしている地域には変わった外観のお家が多いらしい。

例えば、鼠《そ》族専用集合住宅とか。一つの大きな建物の中に部屋がいっぱいある。ここまでならマンションのようなものをイメージするだろう。

しかし、鼠族専用集合住宅は、すべての部屋が繋がっていて、住民なら誰でも行き来できるそうだ。

プライバシーなんてないに等しい居住空間だが、大家族で暮らす鼠族にとっては、仲間の気配を感じ取れる方が安心するんだって。

他にも、鳥の獣人のお家なら屋上にも玄関があったり、明るいのが苦手な獣人用の窓がいっさいないお家とか。

街を歩くだけでも、どんな獣人が住んでいるのか想像したりして、凄く楽しそうだ！

「次はどこに行きましょうか？」

「そうだな……」

　ルイさんと獣王様が次の場所を話し合っていると、獣王様の護衛のお二人が外を気にする素振りを見せた。

「どうしたんですか？」

「いえ、外が騒がしくなったので」

　大虎族のキトーさんはそう言うが、騒がしい音なんて聞こえてこない。外を覗いてみるも、これといった変化は見当たらないけどなぁ。

「あちらの方ですね」

　キトーさんが指で示した方は、確か正門がある方だな。

　熊族のオッサンさんも人がたくさんいるようだと教えてくれた。

「あっ……」

　ちょうど上空を横切る影が視界に入り、思わず声が出た。

　鳥の獣人が何人か集まって、何かをやっている。

「何やら争っているようだ」

　森鬼も鳥の獣人たちの方を見つめているが、森鬼の視力ってよかったっけ？　精霊が教えてくれたのかな？

　ちなみに、大虎族と熊族の視力は人間とはぼ同じだ。違うのは動体視力と夜目が利くこと。

　夜もはっきり見えるのは、ちょっと羨ましい。前世ではよく、夜中にお手洗いに起きて足の指を、通販した段ボール箱にぶつけてたんだよねー。電気つけるのも面倒だったし。

「軍服を着た鳥の獣人たちが、平民の鳥の獣人を取り押さえているな」

この中で一番視力がいいであろう獣王様には、服装まではっきりと見えているみたい。

「レダ、確認を」

宮殿を警備している軍部が動いているので、何か起きているのは確かだ。

ルイさんは、エルフの警衛隊員に指示を出して、返答を待つ。

その間にも、上空では鳥の獣人の数が増えていっている。私の目では軍人なのか民間人なのか、見分けることができない。

「正門前に獣王様を一目見ようと、獣人たちが集まっているようなのですが、様子がおかしいそうです」

状況が把握できていないのか、精霊の言葉を伝えたエルフも困惑している。

「獣王様方は安全のために別宮にお戻りいただいた方がよさそうです」

ルイさんにそう言われて、獣王様は少し考え込む。そして告げた言葉は……。

「わたしの姿を見れば、すぐに沈静化するのではないか？」

「獣王様の姿を見たら、余計にこうふんします！」

間髪入れずに突っ込んでしまった。

だけど、ルイさんも護衛のお二人も頷いているので、みんなの総意ってことで許してもらおう。

「いいですか、人がたくさん集まると……なんだか自分が強くなったように感じます。つまり、みんなで力を合わせれば、軍人なんて怖くない！　と、強行手段を取る可能性もあるんです！」

あれだ。『赤信号、みんなで渡れば、怖くない』の心理だ。

しかもこれ、冷静な判断ができなくなったり、興奮から暴力性が出てきたりと、よくない作用を伴う。

日本ではあまり見られないけど、海外だと様々な理由で暴動が起きたりしていた。

人間の暴動でも止めるのが大変なのに、獣人がとなると被害がとんでもないことになりかねない。

「なので、獣王様は安全な場所にひなんするべきです！」

「しかし、わたしが原因で同胞が傷つくのは本意ではない」

私とルイさんで獣王様を説得しようとしたが、頑なに避難することを拒否する。

しかも、ここから飛んで正門まで行こうとするから、私が獣王様の腰にしがみついてなんとか止めた。

「では、こうしましょう。馬車で正門の近くまで行きますが、獣王様は馬車から出ないでください。その後、安全な場所で、獣王様のお声を届けましょう」

ルイさんの提案は、近くで様子を見たらすぐに安全な場所に避難し、そこで魔法を使って正門前にいる獣人たちに獣王様がお言葉をかけるというものだった。

みんなが騒げば騒ぐほど、みんなの前には出られないぞと言えば、大人しくなるかもしれないとルイさんは続ける。

アドレナリンどばどば中の人たちに、その言葉が効くか微妙だよねぇ。もっとこう、ガツンとくる内容じゃないと、聞こうとしないと思う。

とりあえず、獣王様はルイさんの提案を渋々受け入れてくれた。

「じゃあ、ネマちゃんは……」

「帰らないよ！」

私は獣王様に抱きついている力を強める。

このまま獣王様にくっついているつもりだ。でないと、獣王様飛んでいっちゃいそうだし。

「ネマ嬢こそ安全な場所に……」

「獣王様がいっしょなら行きます」

獣王様は自分が無理を言っているので、私に強く出られないでいる。

ぎゅーぎゅーと抱きついていると、獣王様が私の体を持ち上げ、抱っこしてくれた。

「ネマ嬢の身はわたしが守ろう」

「ありがとうございます！」

森鬼には申し訳ないが、森鬼を獣王様と一緒の馬車に乗せることはできないので、ルイさんの馬車に同乗してもらう。


正門の近くで馬車が止まり、窓を開けると怒号が飛び交っていた。

「ネマちゃんも馬車から降りないように」

ルイさんは早々に馬車を降りて、私たちの馬車の横で正門の騒ぎを眺めている。

ちょこっとだけ窓から顔を出して、正門の方を見た。

「おぉ！」

軍人たちは正門の内側で武器を構え、対するは門に群がる獣人。

門の隙間から手を伸ばしたり、門自体をよじ登ろうとしたりする光景に思わずテンションが上がった。ゾンビ映画で必ず見るやつだ！　と。

どうやら外側からも集まった獣人を散らそうとしているようだが、効果はないみたい。

それに、門をよじ登っている人が一番上に到達しそうになると、ギャッという悲鳴を上げて落ちていくのは大丈夫なんだろうか？

下にいる獣人が、ササッと避けるのはさすがだなって思うけど。

あと、殴り合いの喧嘩も起きてない？　見える範囲では確認できないけど、殴ったな、容赦しねーぞといった叫び声も聞こえてくる。

「どうやら、獣人同士でも争っているみたいだね」

精霊を通じて情報の伝達が行われているようで、エルフの隊員がルイさんに報告していた。

正門前に集まった獣人は移民の人たちが多く、門番たちに暴言を吐いたらしい。見かねた帝国民の獣人がそれを注意したら、やんのかコラァと取っ組み合いが始まった。それぞれお友達が助太刀という名の乱入をし、いつの間にか帝国獣人ＶＳ移民獣人の闘争まで発展。

それに加わろうとする人間もいるとかで、現場はかなり混乱状態なのが窺える。

上空でも同じような状況で、鳥の獣人同十でやり合っていたり、それを引き離そうとする軍の鳥の獣人、強行突破しようとして地上に叩き落とされる鳥の獣人など、まぁ凄い空中戦が繰り広げられていた。

「ネマちゃん、顔出しすぎ……」

もっとよく見ようと体を前のめりにしたら、片手が窓枠から滑って、お腹を窓枠に強打した上に頭から落ちそうになる。

ルイさんがキャッチしてくれたけど、お腹が……うぅぅ。

ルイさんは私を下ろして怪我とかを確かめようとするのはいいけど、今は痛みが治まるまで動かさないでぇぇ。

鉄棒で勢いよくジャンプしてお腹をぶつけたときやカフェやバーのハイテーブルの角にぶつけたときの痛みと比べるとまだマシな方だが、痛いのは痛い！

「殿下っ‼」

警衛隊員のであろう叫び声が聞こえたと思ったら、なんか強風が吹いて、くぐもった声と重いものが落ちる音がした。

「何事⁉」

私の近くに鳥の獣人が落ちた音だったっぽい。

つか、鳥の獣人さん酷いあり様だけど、生きてる？

「ネマ嬢、ルイ殿、大丈夫か‼」

「急ぎ宮殿に戻るぞ！」

ルイさんの指示より、獣王様の方が一足早かった。

獣王様は馬車のドアを開け、私の無事を確認すると力強い羽ばたきであっという間に空へ。

ルイさんはくそっと悪態をつき、私の身柄を森鬼に押しつけて獣王様のあとを追う。

あれ？　ルイさんが狙われたんじゃないの？

警衛隊員たちもルイさんのあとを追っているが、ルイさんを制止する様子はない。私はてっきり、ルイさんが鳥の獣人に襲われそうになったとばかり。

強い風が吹いたのが精霊の仕業だったとしたら……狙いは私だったのか⁉

「あぁ、あれの羽根を毟《むし》っておけ」

森鬼は森鬼で精霊と話しているのだが、何を毟るって⁉

落下したせいで満身創痍な鳥の獣人が警衛隊員に拘束される中、なぜか次々と羽根が抜け落ちていく。

まさか、精霊が羽根を毟っているの⁇　私を狙った仕返し⁉

「やめたげて！　羽根はかわいそうだからやめよう！　ね？」

必死に訴えると、森鬼が何かを言う前に、羽根が抜け落ちるのが止まった。

羽根を毟られた痛みから、鳥の獣人は泣きじゃくっていて、見ているこちらも痛い。お腹の痛みが復活しそうだ。

「ちゆ術師さーん！　せめて痛みだけでも治してあげて！」

今日同行している警衛隊員の中に、治癒術師がいたことを思い出した。

「先に二の姫様を診ましょう」

「あちらの方が重傷なので先に治してあげてください」

精霊たちが羽根を毟ったのは、どうも私のせいみたいだし。

それよりもと、獣王様の行方を探すが、上空で一際目立つ翼のおかげですぐに見つけられた。

優雅に旋回しながら飛んでいる獣王様に対して、地上では凄くヤバい光景が広がっている。

興奮して雄叫びや遠吠えを上げる者たち、門にしがみつきながらむせび泣く者、獣王様を拝む者。前世だったら危ない薬か詐欺まがいの宗教かと思うほどカオスだ。

これをどうやって鎮めるの？　って思っていたら、何やら楽器のような音が聞こえてきた。

曲ではなく、気の向くままに音を出しているだけにも聞こえるそれは、獣王様が歌って……いや、これはさえずりだ！

透き通ったフルートに似た鳴き声、軽やかなピアノのような鳴き声、ドラムロールみたいな軽快な鳴き声に、流れるように音域が変わる鳴き声はトロンボーンを思わせる。

なんという一人オーケストラ‼

獣王様のさえずりに聞き入っていると、辺りも徐々に静かになっていき、すすり泣く音だけになった。

こんな美しい声を聞いていては、誰も何も発せないだろう。

「我らはどこに住んでいようと、祖となる動物を誇りとする獣人。我が同胞らよ。獣人同士で争うという愚かな行為は、わたしが許さん。大人しく召し捕られよ」

　先ほどのさえずりとは打って変わって威厳のある声には、獣人を従わせる力があるのかもしれない。

　騒いでいた獣人たちはみんな、軍人に捕まえてもらおうとその場で膝を折った。

　この人数を拘束するのも一苦労だけど、軍の獣人も獣王様を拝んでいるのはどうなんだ？　気持ちはわかるけど、仕事しようぜ！

「ネマ嬢、本当に怪我はしていないな？」

　獣王様は下りてくるなり、私の方へ真っ先にやってきた。

「はい、大丈夫です！」

「我が同胞が本当に申し訳ない。わたしの友を襲うなど……黙っておられず、つい外に出てしまった」

　獣王様に友と言われて照れていると、あることに気づく。

　獣王様、あの羽根を毟られた獣人に狙われたのは、ルイさんだと思っているんじゃ？

　ルイさんと獣王様は一緒にダンスを踊ったり、今日も案内役を任されるくらいなので、私が知らないだけで友達だったとしたら……。

　うわぁぁぁぁ！　めっちゃ恥ずかしい勘違いじゃん！

　獣王様は私の勘違いに気づいてないようなので、しれっと誤魔化す。

「獣王様が出していた声って、鳥のさえずりですよね？」

「あぁ。我が鵬族は翼の色と同じく、鳴き声も六種類ある」

そういって、先ほどは鳴いていなかった鳴き声を聞かせてくれた。

ハープのような音がはねる鳴き声に、これぞ鳥！　といったピッコロみたいな高い鳴き声。

どちらの鳴き声も素晴らしく、つい聞き入ってしまう。

鳥のさえずりにはリラックス効果があるとされているが、獣王様のさえずりはその効果が強いのかもしれないね。

獣王様たちを別宮まで送ると、別宮の警備が物々しいことになっていた。

まぁ、あんなことがあったあとだし、警備はしっかりした方がいいだろう。別宮だけでなく、輝青宮の方も警備の人数が増えていた。

「ネマ様、おかえりなさい！　さっき、氷漬けになった人が発見されたらしいんですが、もしかしてネマ様見ました？」

自分の部屋に帰って早々、スピカからとんでもないことが告げられた。

氷漬けになった人って……え、なんで⁇

閑話　ある酒場にて。　視点：赤のフラーダ

　ライナス帝国の帝都には、有名な職人街がある。

　すべての組合本部が軒を連ねるその一角では『ここで揃わぬものはエルフの森の中』と謳われるほど、様々なものが売り買いされていた。

　毎日多くの冒険者が次の依頼に必要な道具を揃え、毎日多くの職人が最高の材料を求めてやってくる。

　そして、人が集まるところには、多くの飲食店や娯楽店も集まるのだ。

　そんな職人街の片隅に、ある酒場があった。

　異国出身の店主が作る料理が美味いと、獣人の間では有名なその店は、店主もまた獣人で、人間だけでの利用を断っている。

「ラックがいてぇよかったわぁ」

「ほんと！　私たちだけじゃ入れないものねー」

　楽しそうに献立表を覗いているのは、赤のフラーダの女性たち、セイラとシャーリンだった。

　どこからかこの店の評判を聞きつけ、仲間で氷熊族のラックがいれば利用できると、無理やり彼を誘ったのだ。

　ラックは自分一人では二人のお守りはできないと、他の仲間に助けを求めたが、受け入れてく

れたのは一人だけ。

赤のフラーダの長であるユーガは、獣人だらけの店内を興味深く眺めていた。

どの席の獣人たちも会話が盛り上がっており、時折、どっと笑い声が上がる。

「どこも獣王様の話題で持ちきりねぇ」

「獣王様って、そんなに凄い方なの？」

シャーリンの問いに、ラックはどう説明していいものかと悩む。

獣王が何か凄いことを成したとかではなく、信仰や崇拝とも異なる、獣人としての拠り所、象徴のようなものだからだ。

「私にとっての女神様みたいなものかしら？」

シャーリンは自分に当てはめて考えてみた。

治癒術師である自分は女神様あってのものだし、治癒魔法が使えなかったとしても、女神様を信仰し心の拠り所としただろうと。

「そういうんじゃねーんだよなぁ。いなくてもいいけど、いると安心するっつーか……」

上手く表現できずに、頭を抱えながら考え込むラックを見て、ユーガが思わずといった様子で呟いた。

「……なんだか父親のことみたいだな？」

ラックは自分の父親を思い浮かべる。

幼い頃はほとんど家にいなかった父親。猟に出ては、夜寝るために帰ってくるだけ。時には数日留守にすることもあった。

大きくなった今では、あの寒さが厳しい山で妻と子を食わせるために必死だったのだとわかっている。

母親がいないと困るが、父親が家にいなくて困った記憶はない。しかし、いるとそれはそれで安心する。

ユーガの言葉に、納得したラックだった。

「今の獣王様はぁ、女性らしいわよ」

「獣王は一番強い奴がなると聞いていたが、女性とはすげぇな！」

「熊族の兄さん、今代の獣王様が鵬族だって知らないのかい？」

ラックたちの会話に、隣の席の男が割り込んできた。

「わりぃな。俺は氷熊族なんでな」

ラックがそう返すと、割り込んできた男はあぁと納得する。

熊族は基本、大陸中に散らばっているが、氷熊族だけは寒い地域に集中しているからだ。

ラックのように冒険者となって各地を転々としていても、長く居住するとなれば寒い地域を好んで選ぶ。

暖かい気候のイクゥ国からは遠いので、獣王様の詳細を知らないのも当然だと思われたのだ。

「いいか、兄さん方。鵬族っていうのはなぁ……」

鵬族の祖となる動物には名称がない。なぜなら、創造の神が愛でるためだけに創った動物だからである。

創造の神は、その動物に世界の色をまとわせた。

赤、青、黄、緑と、創造の神が持つ白と黒。その鮮やかな色合いで空を舞う姿は、神の目を楽しませた。

創造の神は、その動物に美しい声を与えた。その楽器を奏でているかのような鳴き声に、神は聞き入った。

創造の神は、その動物に番《つがい》を創った。ひとりでは淋しいだろうと、その動物と同じ姿の生き物を。そして、いつまでも一緒にいられるようにした。

神が創りし大陸では、獣人同士が争っていた。

他の種族は獣人同士の争いには見向きもせず、ただ獣人だけがたくさん女神のもとへ旅立った。

獣人は神に願う。この争いを止めるために、獣人が安全に暮らせる国と誰よりも強い王が欲しいと。

獣人を憐れに思った神は告げる。

国はそこにある。お前たちには王を授けよう——と。

神から授かったのは二つの卵。

獣人たちはその卵を大切に、そして創造の神が愛でた動物の獣人が生まれた。

創造の神の目を楽しませた色合いをまとい、創造の神が聞き入った声を持ち、どの獣人よりも強い、男女の獣王が。

獣王は、鳥の翼を持つ王・鵬族と呼ばれるようになった。

「こうして、獣人だけの国ができたってわけさ。まぁ、今のイクゥには人も交じっているがな」

酔いもあってか、割り込んできた男は饒舌《じょうぜつ》だ。

イクゥ国に伝わる獣王の伝承を朗々と語り、今の獣王はその鵬族なのだと誇らしそうに胸を張る。

「じゃあ、男性の獣王様もいらっしゃるのね？」

シャーリンの言う通り、伝承が確かならば、獣王は男女ともに生まれるはずだ。

「いや、今代は女性の獣王様だけしかお生まれになっていないそうだ」

それを聞いてラックは不思議に思った。雄がいない種族なんてありえるのかと。

同じようにセイラも疑問に思った。伝承では、必ず男女の対で授けられることになっているのにと。

割り込んできた男は酒を重ね、獣王様の凄さを語り満足したのか、ふらふらとした足取りで店を出ていった。

「なんか不思議なお話だったけど、それよりお料理をいただきましょう？」

「そうだな」

運ばれてきた異国の料理に手を伸ばし、それぞれ感想を言い合いながら皿を空にしていく。

セイラとシャーリンはまだまだいけると、追加の料理を頼み、ラックとユーガは珍しい異国の酒を頼んだ。

そのとき、店内に風が吹いた。

それを感じたのはラックだけだったが、彼はさほど気にしなかった。この店内には鳥の獣人もいるのだから、うっかり翼を動かしたのだろうと。

それにしては、翼の音はしなかったのだが。

『彼は見つけられませんでした』

ふいに、女性の声が聞こえた。セイラでも、シャーリンのものでもない声が。

ラックは無意識に耳を動かして声の方向を探る。

『監視も厳しくなるでしょうから、これ以上は……』

再び捉えた女性の声。ラックはそれとなく視線をやり、一瞬だけ確かめる。

指先で仲間に合図を出し、小さな声で問う。

「セイラの斜め向かいにいる鳥の獣人の会話が聞こえるか？」

「さすがにぃわたしたちには無理よ」

ラックにはあれだけはっきり聞こえているのだから、セイラたちにも微かに聞こえているだろうと思っていた。

獣人の中には、人が聞こえない声で会話をする種族もいるが、それとも違う。

原因はわからないが、そういう難しいことはあとでセイラに聞けばいいと、ラックは考えることを放棄し、聞こえてくる会話に集中する。

『仕方ない。彼は諦めよう』

別の人物の声がした。

女性のようでもあり、男性のようでもある、判別しにくい声だった。

『そんなっ！』

会話の内容からして、仲間が捕まり、どうにか救出できないか探っている感じだ。

それを仲間たちに伝えるラック。

「地下にでもぉ閉じ込められているのかしら？」

犯罪者が入る監獄でない限り、鳥の獣人がいれば救出の成功率は高い。たとえそれが室内であっても、屋根や外壁を壊して救出したり、一撃離脱で敵を混乱させて、その間に別の仲間が救出したりと、作戦の幅が広がるからだ。

しかし、救出目標が地下にいては、鳥の獣人の能力が活かせないので、成功率は下がる。

『あのネマという子供をさらって、彼と交換してもらいましょう？』

『愛し子には手を出すな。まだあの子をお迎えする準備が整っていない』

わずかに感じた殺気と知っている名前が会話の中に出てきたことで、ラックは動揺を隠すために拳を強く握った。

それを見たセイラたちも、さりげなく周囲を警戒する。

「あいつら、ネマ様をさらう相談をしてやがる」

それを告げて、ラックは会話を聞きとることに集中した。

鳥の獣人の方は、仲間を取り返すことに執着しているようだ。もう一人に諫められても、他の方法を模索しようとしている。

対するもう一人の方は、こちらの方が立場が上なのだろう。捕えられた仲間を切り捨てることに迷いがない。

『彼はわたしの番だ！　なぜ助けてくれない!?』

鳥の獣人がなぜ必死だったのか。それは、自分の番を救うためだった。

これにはラックも同情する。

氷熊族はそこまで番への執着が強い方ではないが、狼族など番への愛情が深すぎる種族の、その執着ゆえの悲劇はいつの時代にもあるからだ。

『静かにしろ。彼がお前と繋がっていると知られると、ますます彼の命が危うくなるが？』

胸くそ悪いと、ラックは心の中で悪態をつく。

ラックの厳つい形相がどんどん怖くなっていくのを見て、セイラたちは普通の会話を織り交ぜながら打ち合わせを行っていた。

「どうしましょうかねぇ」

「ユーガのお酒、一口もらいますね。あの方たち、何者でしょうか？」

「貴族だろ。それ、強いから一口だけだぞ」

ユーガの直感は、あの鳥の獣人も相手の怪しい人物も、自分たちとは違う階級、つまり貴族だと告げていた。

荒仕事とは無縁そうな手、飲み物を飲むときの仕草、古びた椅子には似つかわしくない姿勢。

その一つ一つが、こんな場末の店に相応しくないと訴えている。

　シャーリンもいいところのお嬢様で、治癒魔法という女神の加護を受けているからと大切に育てられた。礼儀作法も貴族のものを教えられたという。だが、それでもシャーリンは平民だった。シャーリンの周りには平民しかおらず、貴族の礼儀作法など一つも知らないものばかりだ。燃えかすに触れると誰もが汚れるように、シャーリンがいくら努力して礼儀作法を身につけても、周りががさつな言動をしていれば、その影響を受ける。

　貴族は貴族に相応しいものに囲まれて生活するから混ざらないのだと、ユーガはレニスの街でそれを知った。

「いいこと思いついたわ！　みんな、これから名前を呼ばないでね」

　シャーリンはユーガの酒をすべて飲み干し、さらにはラックの酒まであおった。

「おい、何して……」

　シャーリンはふらふらと例の二人がいる席に近づく。そして、足がもつれたように装い、席に倒れ込む。

「ごめんなさぁい。ちょっとつまずいちゃった」

　へらっと笑いながら謝るシャーリンを無言で見つめる二人。それでもシャーリンはめげなかった。

「お兄さんに〜とぉっておきの魔法をかけてあげましゅ〜」

　そう言って、怪しい人物の手を取る。

相手は抵抗を見せたが、シャーリンはお構いなしに詠唱を唱えた。

「ラ・レル・クレシオール。あなたに～女神様のご加護がありますようにぃ～」

とっておきと言いながら、シャーリンが唱えたのは教会などで挨拶に使われるような、なんの効果もないものだった。

「他所に迷惑かけてんじゃねぇ！　悪いな兄ちゃん、目を離した隙に強い酒を飲んじまったみてぇで」

シャーリンが二人に絡んでいる間に、セイラはお会計を済ませ、ユーガは先に店を出て物陰に身を潜《ひそ》め、ラックは二人を観察しながら止めに入る時機を見計らっていた。

「そうか。ではさっさと引き取ってくれ」

怪しい人物がようやく口を開くと、ラックはシャーリンを抱えて店を出た。

ユーガを除く三人はそのまま宿に戻り、ユーガの帰りを待つ。

ユーガが戻るより先に、他の仲間が戻ってきたので、酒場で起きた一部始終を説明する。

「ネマ様って、ラックが肩車していた女の子だよね？」

顔の厳つさと大きな体のせいで、子供に怯えられるラックなので、珍しく彼に懐いたネマのことを他の仲間たちも覚えていた。

「確か、オスフェ公爵家のお嬢様だろ？　ガシェ王国に知らせるのか？」

「ネマ様はいまぁ、こちらにいらっしゃっているの」

ライナス帝国に行くことになった際、セイラは情報を集めており、その中にはネマのことも含まれていたようだ。

「それで、シャーリンは何をしたんだよ？」

「ユーガが戻ったら教えてあげる」

◆
◆
◆

「遅くなった。つけられている可能性があるから、今夜は警戒を立てる。朝一で移動しよう」

それからユーガは、自分が見たことをみんなに報告する。

ラックたちが店を出たあと、しばらくあの二人は店内に残っていた。

そして、先に鳥の獣人が出てきたが、ユーガの目的は獣人ではなく、もう一人の方だった。それから少ししてもう一人も出てくる。

ユーガは気づかれないよう尾行し、怪しい人物がどこへ行くのか確かめるつもりだった。

「途中で馬車に乗られたから諦めた」

馬車には紋章もなく、どこの馬車なのかわからないと言う。

「それで宿に戻ろうとしたが、気配を感じてね。一応撒いてきたけど、用心した方がいいだろう」

「ユーガの方は収穫なしね。私の方はこれよ」

シャーリンが自慢げに見せたのは小さな衣装用の金の留め具。

「見て。小さいけれど、模様があるでしょう？　家門の紋章かもしれないし、そうでなくてもこれを作った職人を探せると思うわ」

お嬢様育ちなのに手癖が悪かったのかと、ラックは少し引いた。

「ユゼフにちょっと教わっただけよ？」

このフラーダの斥候を務めるユゼフは、昔から手癖が悪い。財布を掏《す》るのは朝飯前、隣の親父が奥さんに内緒で買った酒もいつの間にか盗み、警備がいるシャーリンの家にも平気で侵入しおやつを食べ、怒られそうになると二、三日姿をくらますという、町一番の問題児であった。

「ユゼフ、何変なこと教えてんだよ！」

ラックを除いて、赤のフラーダは全員同じ町の出身で、幼馴染みでもある。

気安い関係ではあるが、元はお嬢様なシャーリンにそんな犯罪紛いなことを教えるなとユーガは叱る。

「でもさー、シャーリン筋はいいし、身を守る技術は必要だぜ？」

ユゼフの言い分は、手先が器用なら暗器も扱えるだろうし、身を守るものを相手から奪うこともできるということだった。

それはその通りなのだが、ユーガとしてはシャーリンにそんな危険なことをして欲しくない気持ちが強い。幼い頃の習慣もあるのだろうが、男心とは複雑なものだ。

「その話はそこまで。ラックは何か気づいたことあった？」

シャーリンは他人事のようにユーガとユゼフの言い合いを中断させ、ラックに話を振った。

「あー、わずかだが、鳥の獣人の色を見た。髪が白で尾羽根が黒だ」

「それって……」

その色が何を示すのか、気づいた者たちは困惑する。

「急いでオスフェ家に接触しよう」

ユーガがそう告げると、セイラがその方法を問う。

「……聖獣様だ。彼女はヴィルヘルト殿下の聖獣様と仲がよさそうだった」

それを聞いて、ラックはネマと出会ったときのことを思い出す。

確かに、風の聖獣様のことを友達だと言っていたなと。

「じゃあ、エルフの森に行ってみましょう。精霊様のお力を借りれるかもしれないわぁ」

「そうと決まれば、今から動くぞ。あちらが何か仕掛けてくる前に伝えないと」

ユーガの決断に否を唱える者はいなかった。

彼らが夜の帝都に紛れると、微風《そよかぜ》がエルフの森の木々を揺らした。

番外編　魔物っ子たちが美味しくいただきました！

ある日、パウルから三日後の予定を聞かれた。

ダオとマーリエと遊ぶ以外、私に予定といった予定が入ることがないのを知っているよね？

別に私が毎日暇しているというわけではなく、なぜかいつも突然呼び出される。

「セーゴとリクセーの訓練を致しますので、お借りしたく」

「三日後に？　二匹だけ？」

魔物っ子たちの訓練は隙間時間を使ってやっているのに、わざわざ予定を組む上に、なんで星伍と陸星の二匹だけでやるんだろう？

「えぇ。今回は事前に準備するものがございますので」

準備とな？

障害物なら土魔法で作れるから、何か特殊な武器や魔道具を使うのかな？

「私も見学していい？」

「……お嬢様が見るには相応しくない光景になりますよ？」

どうやら、私に見せたくないものが訓練に含まれているらしい。

星伍と陸星が怪我をするくらいガチでやるとか？　それとも、生きた動物を使う訓練？

獣舎では、生き餌を使った訓練も行っているので、それを倣っている可能性はある。

「動物が死んだりする？」

　さすがに、生きた動物を目の前でだと、私でもくるものがある。

　国防を担う獣騎隊の動物ならいざ知らず、星伍と陸星は私の護衛なので、訓練で生き物を殺すようなことはあまりやらせたくない。

　人の感性とは不思議なもので、生き物の死に対してもこれは平気だけど、こっちはダメという線引きが存在する。

　例えばG。自然界ではなくてはならない存在でも、一度その姿を見てしまえば、容赦なく殺虫剤を吹きかける人がほとんどだろう。私もそうだ。

　では、カブトムシやクワガタはどうだろう？　形は違えど、黒くて艶々しているのはGと同じなのに、子供に大人気で、愛好家も多い。

　田舎の方ともなれば、夏の夜、網戸にカブトムシがくっついていることもあるが、Gのように即殺虫剤という人は少ないと思う。

　他にも、釣りや漁で魚が引き上げられるのを見て可哀想と思う人は少ないよね？　日本人という国民性もあると思うけど、活きがいいとか大漁という感想を抱く人の方が多いはず。

　それが同じ海の生き物でも、イルカやアザラシといった海洋哺乳類ならどうだろう？

　人間に狩られるのはもちろん、天敵に襲われるのも可哀想だと思ってしまう。

　この線引きは人それぞれだとしても、人間とその生き物の関係性や距離で変わってくるのだろう。

動物との距離感って難しいよね。

うちの子たちとはコミュニケーションも取れるし、ちゃんと主張してくれるから大丈夫だけど、前世はそうもいかなかったし。

実家の愛猫たちに好き好きーって頬擦りすると全力で嫌がられ、近寄ってきたから遊ぼうと玩具を出せば、シャーと一緒にやんのかステップを披露される。

猫好き仲間には、構いすぎて嫌われるタイプって言われてたけど、愛猫たちはそのあとにお膝に乗ってくれたり、玩具で遊んだりしてくれたもの！　あのツンデレっぷりがまた愛おしいのだよ‼

……そういえば、トラはやんのかステップしたりしないのかな？　ラース君やカイディーテがやったら、めっちゃ可愛いと思うんだけど。

「いえ、殺生は行いません。それを模したことはしますが……」

妄想の世界に行きかけた思考が、パウルの声で戻ってくる。

えーっとつまり、ダミー的なものを使って狩りの訓練をするってこと？　それなら大丈夫だと思うけどなぁ。

「ネマお嬢様が見学なされるのであれば、カーナお嬢様がご同行できる日に変更いたしましょう」

「おねえ様なら見せてもいいの？」

お姉ちゃんだって、育ちのいい令嬢なんだけど？　まぁ、血を見て卒倒するようなタイプじゃないのは確かだが。

「カーナお嬢様もいろいろと経験を積まれておりますので」

そういえば、フィリップおじさんに冒険のいろはを教わったんだっけ？

もしかしてお姉ちゃん、狩った獲物をさばけたりする⁇

とりあえず、お姉ちゃんに都合を聞いてみようってことになった。

私は予定なくても、お姉ちゃんには予定が入っているかもしれないしね。


私がお風呂に入っている間に、パウルがお姉ちゃんに訓練の見学について尋ねてくれたらしい。

「パウルから話を聞いたわ。今度行う訓練は、ネマには少し刺激が強いとのことだけど、ネマは本当に見学したいのかしら？」

私の意思を確認するということは、お姉ちゃん的には訓練の見学は問題ないと判断したのだろう。

お姉ちゃんもパパンに負けず過保護だから、過激なものだったら反対するはずだし。

「うん！」

「わかったわ。それなら、わたくしも同席します。わたくしの判断で、見学を中止させることがあるかもしれないけれど、それは承知してね」

「おねえ様といっしょなら大丈夫！」

中止させるかもと言っているが、それも過保護ゆえの保険のようなものだと思われる。

私が少しでもショックを受けた様子を見せたら、お姉ちゃんは即座に私を抱えて部屋に戻るんじゃないかな？

お姉ちゃんも見学することが決まり、日程の変更が行われた。

そして、訓練当日——。

いつもの庭か軍部の詰め所の訓練場を借りてやると思っていたのに、予想外の場所へ。

宮殿の敷地の一角にデデンと鎮座する大きな建物。上に大きいのではなく、横に大きいのが特徴だ。

この建物は先帝様が造らせたという、屋内型の警衛隊専用大型訓練場である。

以前、ダオの厚意で警衛隊の訓練を見学させてもらったときにも来たけど、野球場とかのスタジアムを連想してしまうんだよね。建物が楕円形の形をしているからかな？

スタジアムっぽいのに、客席の数は少ない。皇族が見学するときに使う豪華な一角と、両サイドに数十人が座れる程度の長椅子が設置してあるだけ。トータルしても百人分もないだろう。

それなのに、その席はなぜかすべて埋まっていた。

「なんで星伍と陸星の訓練なのに、けいえい隊が見にきているの？」

私たちは訓練を近くで見るために、下……グラウンドにあたる部分にいる。

でも、意外と人の顔がわかるもんなんだね。

「最初は、訓練場を使わせていただけるよう、軍部の方に申請をしたのです。訓練内容が内容ですので、獣人の方への配慮もお願いしたら、なぜかテオヴァール殿下のお耳に入ったらしく……」

あー、パウルも理由まではわからないと。

ちらりと皇族席を見やる。いつも通り無表情のテオさんと、申し訳なさげに頭を下げてみせるテオさんところの隊長さんがいた。

まぁ、理由はわからないけど、テオさんが訓練の話を聞いて、ここを使っていいと許可してくれたのだろう。なので、テオさんの警衛隊員たちがいるのはわかる。じゃあ、他の警衛隊の隊員がいるのはなぜだ？

あと、パウルがお願いしたから、獣人の隊員が少ない。テオさんの警衛隊なんて、半数近くが獣人なのに。見にきている獣人もほとんどが狼族か大虎族しかいない。

「ネマ。パウルを始め、オスフェ家の使用人らが、かなりの実力を有していることは皆知っている。そんなオスフェ家の訓練を見てみたいと思うのは当然だろう？」

両サイドの客席より皇族席との距離が近いからか、テオさんは私が疑問に思っていることを察して、警衛隊員たちが集まっている理由を教えてくれた。

オスフェ家の使用人って、森鬼やスピカのことだよね？　もしかして、宮殿に潜り込んでいる使用人たちのことも含んでる？

潜んでいるといっても陛下公認だし、うちのスーパーマルチな使用人だから、宮殿でのお仕事も完璧にこなしている。使用人としてはやや高い戦闘能力を持っているかもしれないけど、専門職の警衛隊と比べると新人とベテランくらいの差があると思う。

「ああ言っているけど、今日の訓練って他の人に見せてもいいの？」

「セーゴとリクセー用の特別訓練ですから問題ございません」

訓練内容はまだ教えてもらっていないので、パウルがそう言うなら大丈夫だろう。獣人に関しても特に言ってこないし。

ただ、星伍と陸星には犬のふりをしてもらわないといけないので大変だと思うけど。

訓練開始前なのに、広いグラウンドに興奮した星伍と陸星は、稲穂と一緒に追いかけっこをして楽しんでいる。

こうして見ると、ドッグランではしゃいでいるわんこなんだけど、特別訓練ちゃんとこなせるのかね？


最初の訓練は、ウォーミングアップということで障害走からだった。

しかし、土魔法で作った障害物だけでなく、丸太や網、縄など、普段の遊びでは使わないものが登場する。それを手慣れた動作でささっと設置していくスピカとシェル。

「なんか見たことある光景だなぁ……」

すべて設置された障害物を見て、既視感を覚えた。

ハードルや垂直の壁は私でも考えつく障害物だけど、垂らされた網やぶら下がっただけの縄といった障害物はどこで見たんだろう？

「屋敷の庭に作った、ハクたちの遊び場に似ているのよ」

あぁ！　あのミニミニなアスレチック‼

私が眠っているときに、庭師たちが魔物っ子たちを元気づけるために作ってくれたやつだ。

ただし、スライムに合わせたサイズなので、私が遊ぶには小さすぎた。

私サイズのものを作ってもらう前に、ライナス帝国へ来ることになってしまったのが残念でならない。

さて、難易度が高そうな障害物走に挑む星伍と陸星だが、出だしのハードルとロングジャンプは難なくクリアして、三角形の坂もぴょいぴょいと越えていく。

その次は丸太の橋。陸星が先に前脚をかけるが、すぐに戻す。

くんくんと鳴き声で星伍に何かを伝えると、星伍は丸太の側面に背中をくっつけて寝転がった。

まるで丸太が飼い主だとでもいうように、べったりと寄り添っている。

飼い主はここにいるんだけど？　と、思わず丸太にジェラシー。

そして陸星が丸太を渡り、そこで星伍と同じように丸太に寄り添って寝転がると一鳴きした。

陸星の声を聞いて、星伍が起き上がり、丸太を渡る。

私は二匹がなんでそんなまどろっこしいことをやるのか理解できなかったが、星伍が丸太を渡り切る最後に丸太を蹴ったことで判明した。

あの丸太、回転するのかよ‼

丸太が動いたことで、二匹の行動を理解した客席からも歓声が上がる。

丸太が動かないよう交互に押さえ合う。それをすぐに思いつくお利口な二匹に、私も鼻高々ですよ。

ただ、ストッパーの役目を果たした背中の毛が傷んでいないか心配だ。毛にとって摩擦は天敵だからね！

それともう一つ。あの回転する丸太は私用のアスレチックにも絶対取り入れよう!!

丸太の橋を越えたら、次は垂直の壁。二匹は助走をつけてジャンプし、まるで地面を駆けるように登り、そのまま飛び下りるかと思ったら、登ったときのように駆け下りた。

猫のような動きだけど、体の使い方は犬だったので、頭が混乱する。

そんな飼い主を他所に、星伍と陸星は平たいきのこみたいな形をした飛び石を渡り、スラロームをジグッザグッといった感じで抜け、ぶら下がっている縄に飛びついた。

縄を咥えてぶらーんぶらーんと揺れて……その揺れ幅が大きくなったところでぴょーんと飛んでいった。

着地と同時にダッシュしてゴール！

客席からは拍手が湧き、テオさんもご満悦な様子……たぶん。無表情だけど、拍手してくれているからさ。

次の訓練のために、丸太や網などを撤去し、グラウンドが整えられる。

そのあとにシェルが水撒きをして、あの独特な湿った土のにおいが漂ってきた。

「次は攻撃の訓練です」

パウルが何かの詠唱をすると、濡れた土がもりもりと盛り上がって、人の形を成す。

ゴーレムというよりは泥人形に近いかも？

その泥人形は二体作られ、ぎこちないながらも動いた。人間と比べるとやや遅く、ちょっと鈍臭い感じだ。

「さすがパウルね。魔力の制御も飛び抜けているわ」

お姉ちゃんには、パウルがどうやって泥人形を動かしているのか見えているようだ。

説明してもらっても、魔力がない私にはなんとなくしかわからない。ようは、魔力で動かす操り人形みたいなものだろう。

その泥人形がグラウンドを走る。ドタドタとしたコミカルな動きが可愛い。

「捕獲しろ」

パウルが星伍と陸星に号令を飛ばすと、二匹はあっという間に泥人形に詰め寄り、その足に噛みついた。

バキバキッと鈍い音が響いたんだけど、なんの音？

泥人形は二体とも噛まれた衝撃で片脚が途中から外れ、地面の上でもがいている。

パウルが詠唱すると、泥人形の足は再生し、再びグラウンドを走り回る。

また逃げるのかと思いきや、今度は星伍と陸星に襲いかかる素振りを見せた。

つか、いつの間にか棒みたいなのを持っている！

「阻止しろ」

先ほどとは違う号令。二匹は泥人形の動きを躱し、横から飛びかかった。次の目標は腕だったようだ。

またもバキバキと音を鳴らして、泥人形の腕が落ちた。音の正体が凄く気になるんだけど？

星伍はその落ちた腕が握りしめている棒を咥えて、思いっきりブンブンと左右に振り回した。

勢いよく、まき散らされる泥。あとなんか物体も飛んでった。

周囲を泥まみれにしたら満足したのか、棒だけを咥えてパウルのもとへ。

これは……わんこの悪戯でよく見かける、部屋の観葉植物をひっくり返して、床を土まみれにしちゃうやつの亜種か？

陸星は腕ごとパウルのところに持っていったけど……ちょっと待て！

どういう状況を想定したら、腕を持っていくことになるんだ!?

足はわかるぞ。捕獲しろって号令だったから、逃げられないよう足を狙った。

じゃあ、阻止しろって号令で腕を持っていくって……何か盗まれたとか？　じゃあ、棒が盗まれたものの代用品？

いろいろ考えてみたけど、これだ！　っという答えが出なかったので、お姉ちゃんに聞いてみた。

「おそらく、敵が持っていた武器を取り上げたってことじゃないかしら？」

お姉ちゃんも確証はないみたいだけど、納得できる答えではあった。

泥人形は棒を持っていた。本当だったらその棒をパウルのところまで持っていかなければならなかったのだろう。

でも、棒を握ったまま腕が落ちちゃったから、そのまま持っていったと。

機転を利かせたよい判断だと褒めるべきだが、実際にそんな状況が起きたら褒めるどころではないと思う。

パウルが二匹の頭を撫でるのを見て、ちょっと複雑な心境になってしまった。

そして泥人形を復活させて走らせること三度目。

「殺《や》れ」

なんとも露骨な号令が出された。

星伍と陸星は泥人形を追いかけながら、飛びかかるタイミングを見計らっている。

そして、飛んだと思ったら首に食らいつき、勢いで泥人形を地面に倒す。

さらにとどめと言わんばかりに食らいついたまま頭をブンブン振って……。そんなにしたら頭がもげ……そうと思った矢先にもげた。

泥人形……うちの子たちがごめんよぉぉ。パウルに早く治してもらおうね。

泥人形に愛着を感じ始めていたのに、泥人形を使った訓練はこれで終わりだった。

頭がもげたままは可哀想なので、パウルに治すようお願いした。あと、これでさよならするのは淋しいから、この泥人形たちをどうにか部屋に飾れないかな？

「ネマ、どうしたの？」

ちょっとしんみりしていたせいか、お姉ちゃんが私の様子を窺うように聞いてくる。

「この子たちをお部屋に持っていけないかなって」

「それはやめておいた方がいいわ。あの子たちの玩具になってしまうかもしれないし、もしそれでお部屋を汚したら、パウルたちが大変な思いをするのよ？」

お姉ちゃんに優しく諭され、泥まみれになった部屋を想像したら冷静になれた。

そんなことになってみろ、大魔王パウルが降臨するぞ！

残念だが、泥人形たちとはここでお別れのようだ。お別れの前に、気になっていた音の正体も聞いてみる。

「あぁ、あれは骨に見立てた石を中に入れているからですよ」

せっかく再生した泥人形の腕の土を除いて、その石とやらを見せてくれた。

星伍が棒をブンブンしたときに飛んでいった物体はこれだったのか。

「石と言っても、骨に似せているので強度はさほどありません。関節もないので、どうしても動きが変になるのです」

土だけで泥人形を作ると、ぐにゃぐにゃした動きもできるが、偽の骨を入れるとあんなぎこちない動きになるそうだ。

バキバキ音の正体は石だったのか。骨くらいの硬さとはいえ、軽々と噛み砕く星伍と陸星の顎やばくね？

「わんっ！」

「わんっ！」

褒めてーと近寄ってきた二匹を思い切り褒める。

「星伍、陸星、すごいね！　とっても強くなっててえらいぞー！」

首周りをわしゃわしゃしてから、ほっぺももみもみ。

こんなにもっちりほっぺなのに、噛む力が半端ないとか嘘みたいだ。

揉んだり伸ばしたりしてみても、ムキムキ筋肉の存在は感じられない。

お前たち、咬筋《こうきん》をどこに隠しているの？

少し休憩を取ってから、パウルが用意したという特別な訓練が始まる。

台車に載せて運ばれてきたものは、布に包まれた長い何か。上の方が太く、下の方は細い。そして、真ん中あたりでちょっと曲がっている。それが合計四本もあった。

「これは訓練のために用意したデーシの脚です」

なんと！　脚!!

デーシは角のない鹿に似た動物で、寒さにも強いため、オスフェ領では主力の家畜である。

ただ、肉に独特な香りがあるため、一番美味しい食べ方が干し肉にする、次点が焼くという、ちょっと残念なお肉だったりする。

ちなみに、煮込むとその香りが悪臭に変わることでも有名だよ。

「それにワイルドベアーの肉を巻きつけて、限りなく人の脚に近いものを再現しました」

ん？　ワイルドベアーの肉？　人の脚??

鹿もどきの脚にしては太いなぁって思ってたけど、熊のお肉を巻いたの？

こちらの世界では、熊のお肉は高級食材に数えられる。味も美味だという噂だ。

ワイルドベアーは地球の熊より大きいので、物理的に倒すことがまず大変。食用にするなら、可食部に損傷を与えないようにしないといけないので、使える魔法が水魔法のみとなる。

運よく倒せたなら、急いで水辺に持っていき解体する。その場でやると、血のにおいで魔物や竜種が集まってくるから、洗浄しながら解体するのがこちらの常識だ。

ワイルドベアーはその巨体ゆえに血も多い。なので、洗浄しながらの解体でも、狩るときよりも危険度が高い。

突然足元からワームが出てきて、ワイルドベアーと一緒に飲み込まれることもある。

高く売れるけど命の危険の方が高い。ワイルドベアーを狩るときは、それに適した編成で挑むべし！　というのがお約束だと、本に書いてあった。

ちなみにその本、美食冒険者ハリーの生涯っていうタイトルで、数十年前に実在した冒険者の回顧録的なお話だった。

ハリーは珍しい食材調達の依頼しか受けない、ちょっと変わった冒険者で、ワイルドベアーの狩りも数回だけだが成功させている。最期は、極悪甲種ハチ型の蜜の採取に失敗して亡くなったそうだ。

なんにしろ、何かを追い求めるのは命懸けなんだなぁって、食について考えさせられる一冊だったね。

そんな高級食材であるお肉をパウルが無駄にするとは思えないので、きっと何か考えがあるはず。

「土魔法で人の形を作ることはできても、実際に人を噛んだときの感覚までは再現できません。なので、力加減を覚えさせるために、人の骨に近い太さを持つデーシの脚に、筋肉に見立てたワイルドベアーの肉を巻いて、人の脚を再現しました」

パウルの説明は続く。

再現度を高めるために、いろいろな種類の骨と肉の組み合わせを試したらしい。

実際に殴ってみて、骨が折れるかとか、殴ったときの感触を人と比べて、それに近い組み合わせがこれなんだとか。

「試したあとの処理は、獣騎隊にご協力いただきましたので、無駄にはしておりませんよ」

試作品は獣舎の子たちのご飯になったのか。それならよかった。

ということは、ここにあるやつも？　まさか、私は食べられないとかないよね？

訓練よりも、人間が食べる用のお肉が確保してあるのかが気になってしょうがない！　私のお肉‼

高級なお肉を使った訓練は、骨を折らずに噛む、骨が折れるまで噛む、噛みちぎるの三回行うそうだ。

これには、どこが噛みつきやすく、骨を折ったり、ちぎったりしやすいか覚える意味もあるんだとか。対人間ではやれない訓練だわな。

まず一本目。星伍と陸星は、骨を折らないように噛みつかねばならないのだが……バキッバキッといい音が響いた。

二匹とも加減が上手くいかずに折ってしまう。そして、口の端からたらりと垂れる涎。

星伍と陸星は、食べたいという衝動を頑張って抑え込んでいるのだろう。

もう一度やってみると、今度は布に穴も空かないくらいの甘噛みになり、二匹はへちょんと耳を倒して落ち込む。

普段、じゃれ合いのときにする甘噛みしかしないので、骨を折らないようにとか中途半端な力加減には慣れていないのだろう。

しかしまぁ、よく引っ張り合いっこをして、食いちぎらなかったものだ。

あれだけ噛む力が強ければ、物理攻撃が無効なスライムでもちぎれていたかもしれない。白、命拾いしたな。

二本目でようやく骨を折らずに噛むことを覚えた二匹。

この二本目は涎のせいで、布がまだらに変色している。まだ使えるので、そのまま骨を折る訓練に移ったのだが、バッキバキと折るのではなく砕いていた。

お肉のうまみ成分でも染み出ているのか、必死に布を舐める星伍と陸星の姿は、まさに飢えた獣だった。

そのせいか、三本目は噛みちぎれるかの訓練だったはずなのに、二匹は食欲に負けてお肉にがぶりといった。

しかし、お肉に牙が刺さっただけで、噛みきることはできなかった。

陸星はかぶりついたまま動かず、星伍は口を離してぺろぺろとお肉を舐める。

どうやら大きすぎるお肉は、食べるのが大変なようだ。

野生の肉食獣がお腹から食べる理由に様々な説が提唱されているが、食べにくそうにしている二匹を見ていると、一番食べやすい部位がお腹だからという説がしっくりくる。

星伍が舐めるのをやめ、前歯と牙で何度も同じ場所をガジガジし始めた。

フォークでお肉に穴を空けるように、牙でお肉を柔らかくしているのかな？

陸星はやっと口を離したと思ったら、細い方の先端に行きがぶり！

陸星は食べやすい部分から攻略することにしたらしい。

本来の目的を忘れて、一心不乱にお肉を食べている二匹を見て、私は高級お肉の味に想いを馳せる。

あのパウルの冷たい視線に動じることなく、あの子たちが夢中になるくらいだから、さぞ美味しいお肉なのだろう……。羨ましい‼

そう思っていたのは私だけではなかった。

「くぅるるるぅ……」

自分のお腹が鳴ったのかと思い、両手でお腹を押さえるも、音が私の隣の方からしていることに気づく。そちらを向くと、お姉ちゃんの膝の上で、稲穂がお肉を見つめながら切ない声で鳴いていた。

稲穂の口元では涎がたらーっと……垂れ落ちる寸前、お姉ちゃんがハンカチを当てて阻止する。

「イナホ、涎を拭きましょうね」

「きゅっ！」

口周りをハンカチで拭ってくれたお姉ちゃんにお礼を言っているようだが、稲穂の視線はお肉に釘づけのままだ。

お肉を咀嚼《そしゃく》する音に紛れて、客席からも二匹を羨む声が聞こえてくる。

「ワイルドベアーの肉はそんなに美味しいのか？」

テオさんがそんな質問をしてくるが、この場にいる人で唯一食べていそうなのはテオさんなんですけど？

私もお姉ちゃんも食べたことないので、書物からの情報、いわゆるグルメ本に記載されているようなことしか答えられない。

すると、シェルがお姉ちゃんに何か耳打ちし、お姉ちゃんはそれをテオさんに伝える。

「部位によって味が異なるそうですが、基本的に脂身がほんのり甘く、肉質はやや固いそうです。赤身肉に下処理をして、脂身の脂を絡めるようにして焼くと、肉汁と混ざり凄く美味しいと」

お姉ちゃんの説明に、思わずごくりと喉が鳴る。

ブランド牛では脂身が甘いと聞いたことあるけど、ワイルドベアーの脂身が甘いのはイメージつかない。

「さらに、脂はくどくなく、脂身だけを好んで食べる者もいるそうです」

脂身だけって……想像しただけで胸焼けするわ！　子供の頃は、お家焼肉で使った牛脂を食べても平気だったのにね。

ホットプレートで焼いた牛脂、あれも美味しかったなぁ。

「それはぜひとも食べてみたい。今度の訓練はワイルドベアー狩りにしよう！」

ルイさんが大きな声でワイルドベアー狩りを宣言すると、悲喜入り混じった声が客席から上がった。

喜んでいるのは獣人のようだが、祖となる動物が肉食獣な獣人ばかりなので、狩りに血が騒ぐのだろう。

――バリッボリッ！

突然、せんべいを食べているときのような音が聞こえた。ガリッゴリッという音も続く。

音の発生源はもちろん星伍と陸星だ。

首を傾けて、骨を奥歯で砕いた音だったみたい。

硬い骨もご馳走だと言わんばかりに、ボリボリ食べている。

これにはパウルも呆れ顔を隠せないでいた。

「セーゴ、リクセー、食べ尽くすつもりですか？」

パウルが二匹の名前を呼ぶと、その順番で尻尾がお股にしまわれたのを私は見た。

「ゔるるぅん！」

「ぐるぅあん！」

唸っているというより、食べながら鳴こうとして失敗したみたいになっている。

パウルにビビっているくせに、食べるのをやめないとは……星伍と陸星、やりおるな！

「とにかく、食べる前にやることをやりなさい」

とは言え、パウルに強く言われては逆らえない二匹である。一生懸命お肉をかじかじして、デーシの脚を噛みちぎることができた。

まぁ、噛みちぎるというより、骨つき肉三つになったって感じだけど……。

なにはともあれ、これで特別訓練は終了した。

美味しいお肉を食べられた星伍と陸星は、尻尾をフリフリご機嫌な様子で戻ってくる。

口の周りが赤く汚れているが、スプラッターというほどではない。水で洗えば落ちると思う。

「セーゴ、リクセー、綺麗にしましょうねー」

スピカとシェルが待ってましたというように、びちゃびちゃに濡れたタオルで二匹の口周りを拭いていく。

濡れ拭き三回、乾拭き一回されて、ようやく解放されたところを見ると、汚れ自体は頑固だったようだ。

「わんわんっ！」

「わんっ！」

うーん、褒めて欲しい鳴き方ではないな。森鬼に通訳をお願いする。

「お肉美味しかった、まだ食べたい、だそうだ」

あーねー。君たち最後は食欲に全振りしてたもんねー。高級なお肉をもりもり食べて……羨ましい!!

「ネマお嬢様、テオヴァール殿下に場所を貸してくださったお礼を申し上げてください」

パウルに言われて、私は慌てて皇族席の下に向かう。

「テオ様、訓練は以上だそうです。今日はうちの子たちのために、訓練場を貸してくださりありがとうございます！」

「いや、こちらも楽しませてもらった。それにしても、オスフェの訓練はいつもあんなに殺意が高いのか？」

テオさんから見ても、殺意増し増しに感じたのか……。いつもあんなんじゃないよね？

どう答えるべきかとパウルに視線をやると、にっこりと返された。

「あ、いつもあんな感じみたいです」

あの顔は、本気でやらないと訓練にならないだろうがって顔だ！

「訓練では実戦を想定するものだが、本気で殺すつもりでやらないと身につかないものもあるか……」

無表情で考え込んでいるけど、テオさんは皇子だからね！　警衛隊員に、殺す気でかかってこいなんて無茶ぶりしちゃダメだからね!!

「怖い思いをするだけなら、ワイバーンにお願いするんじゃダメなんですか？」

「どういうことだ？」

「竜種がいかくすると、どんな動物も怖くて動けなくなるって竜騎部隊の隊長が言ってました！」

聞いた感じ、殺気に似ているようだから、竜種の威嚇を受けても動けるなら、どんな状況でも動けるはず。

「なるほど！　試してみよう！」

無表情かと思いきや、わずかに口角が上がっているテオさん。これは……なにそれ楽しそうって顔ですね。いつもこれくらい顔に出してくれると、感情の起伏がわかっていいのに。

でも、後ろの隊長さんは遠い目をしているので、もう一つアドバイスをば。

「最上学術殿にいるワイバーンにお願いするといいです。あそこの長のカルスは優しいおじいちゃんなので」

飛竜兵団を退役して、余生を過ごしているカルスたちなら総帥さんの承諾はいらないと思うし、あと手加減してくれると思う。

「その手があった！」

「でも、カルスがいやがったら、やめてくださいね。テオ様が尻尾でバーンッてされますから」

人間がワイバーンの尻尾攻撃を食らったら、即死な上に見るも無惨なって言葉も追加されちゃうからさ。

「そのときはネマも同行してくれると助かる」

「私も!?」

言葉がわかる人が必要なら、エルフの隊員を連れていけばいいのに……。

隊長さんやテオさんとこの隊員からの視線が痛い。何かを期待されているような……ストッパーか？　テオさんのストッパー役はルイさんでしょ⁉

「私の同行は、へいかがお許しくださったらいいですよ」

なんにせよ、宮殿の外に出るなら陛下の許可がないとダメだからね。

「必ずお許しをいただいてくる」

今からでも陛下のところに突撃しそうな勢いだなぁ。

でも、テオさんにも公務があるし、すぐにとはいかないだろう。あ、念のため、公務をサボらないよう釘を刺しておくか。

◆◆◆

ようやくお部屋に戻り、あのテージの脚高級お肉巻きの行方を聞いた。

「二本ほどこの子たち用に残しておりますが、あとは飛竜兵団の方に引き取っていただきました」

やっぱり！　それで肝心の人間用は？　いつ食べられるの⁇

私は目を爛々《らんらん》にして、パウルに訴える。

「ネマお嬢様、大変心苦しいのですが、ワイルドベアーの肉は量が少なかったものですから……」

「…………」

衝撃のあまり、言葉を失った。

私の高級お肉がぁぁぁ‼

「ネマ、そんなに落ち込まないで。機会があれば食べられるから。それより、以前にやりたいと言っていた、野営のときみたいに外でお肉を焼いて食べるのをやりましょう？」

「やるっ‼」

前にキャンプの練習と称して、焚き火でお肉を焼いたことがあるんだけど、やっぱり直火焼きは美味しかった！

だから、バーベキューみたいなのをやりたいって、お姉ちゃんに話したことがある。

それを覚えててくれたんだ‼

「おねえ様大好き‼」

「ふふっ。わたくしもネマのことが大好きよ。それと、準備をしてくれるパウルにもお礼を伝えてあげて」

ということは、私たち分のワイルドベアーのお肉がない代わりに、別のお肉を用意してくれていたってこと⁉

「パウルありがとう！」

「礼にはおよびません。ネマお嬢様の分をご用意できなかったのは事実ですので」

いやいや。ちゃんと代用品を用意して、私が忘れかけていた要望を併せて叶えてくれるって、そこら辺の執事ではできないよ。

「じゃあ、早速、お肉を焼きにいこう！」

意気揚々とバーベキューが用意されているといういつもの庭に向かったら、なぜかテオさんとユーシェがいた。

ユーシェはわかる。火事になったりしないか、心配で見にきてくれたんだよね？

「テオ様はなぜここに？」

「パウルが何かしているようだったから見張っていた」

あれか。フィリップおじさんと同じ感じか！　テオさん、パウルのファンになっちゃったのか‼

うんうん。パウルはほんと人間かと疑いたくなるくらい魔王だけど、超絶強いからね。テオさんがファンになるのもわかるよ。

「じゃあ、いっしょにお肉焼く？　直火で焼くと美味しいんだよ」

「楽しそうだ。お誘いを受けるとしよう」

ジュージューとお肉が焼ける音をＢＧＭにして、私はウルクのご飯を見守る。背中に海がくっついているけど気にしない。気にしたら負けだ。

パウルが魔物っ子たち用に確保したテージの脚のうち一本丸々、ウルクのご飯として与えられた。

ウルクは前脚でテージの脚を支え、太い方から器用に飲み込んでいく。

口が大きく開くたびに、少しずつ少しずつ体の中に入っていく光景は見応えがある。

普段は一口パクンで終わってしまうので、こんなに大きいご飯を食べるシーンは本当に貴重なんだよ！

テージの脚が半分ほどになると、頭と胴体がまっすぐになるよう頭の位置を調整し、残りをするんと飲み込んだ。

『これで五日は持つな』

口の周りを舌でペロペロしながら、ウルクが告げる。

他の子たちも、切り分けたお肉をもらい大喜びしている。

ノックスはお肉の塊を脚で押さえて、豪快にちぎりながら食べているし、グラーティアはサイコロサイズの小さいお肉をはむはむしている。

白と青はもらったお肉を丸ごと体に入れてしまったので、そろそろモザイクが必要そうだ。

ただ、お肉を食べない子もいる。

紫紺と葡萄はお肉に興味を示さず、お庭に毒草がないかと探し回っていた。

この庭に毒草はないよって何度言っても諦めない。ウルクの毒に飽きたのかな？

海も私にべったりしているので、ウルクへのもふもふ欲でも食べているのだろう。

「ネマ、お肉が焼けたわよ！」

「やったー！　食べるぅ‼」

いい匂いを放っているお肉は、ヘリオス領産のメーデル。宮殿に献上されたものを分けてもらったんだとか。

テオさんが融通してくれたわけではないが、皇族が食べるお肉には違いないので、お礼を言っておく。

あとなぜか、まぐろもどきなガードラも用意されていた。ねぎもどきを間に挟めばねぎまになるじゃん！

用意されたお野菜にねぎもどきがあるのも、ねぎまを作れという神様の思し召しだろう。パウルにリクエストして、ねぎまも作ってもらう。

私が焼きたてのお肉を頬張り、パウルがせっせとねぎまを作っているとき、テオさんは手合わせをお願いしていた。パウルにね。

ちょっと脳筋なところもあるテオさんだから、純粋に強い人と戦いたいだけなんだろう。

しかし、パウルはこう見えて多忙なので断るも、テオさんはなかなかにしつこい。それを素気《すげ》なく何度も断るパウルのメンタルも凄い。

「パウル、貴方との手合わせではなく、うちの使用人たちとの訓練にしてもらったらどうかしら？　警衛隊に訓練をつけてもらえば、いい経験になるでしょう？」

断られ続けるテオさんが可哀想に思えたのか、お姉ちゃんが救いの手を差し伸べた。

こうなったら、私もテオさんに恩を売っておくかな。

「パウルが戦っているところ見たい！」

「……お嬢様方がそう仰るなら」

わーい！　パウルが本気で戦っているところを見たことがないから、楽しみにしてよう！

「お肉美味しいね！」

本書に対するご意見、ご感想をお寄せください。

あて先

〒162-8540 東京都新宿区東五軒町3-28
双葉社　Mノベルス f 編集部
「向日葵先生」係／「雀葵蘭先生」係
もしくは monster@futabasha.co.jp まで

MFノベルス

異《い》世《せ》界《かい》でもふもふなでなでするためにがんばってます。⑯

2024年1月10日　第1刷発行

著　者　向日葵《ひまわり》

発行者　島野浩二

発行所　株式会社双葉社

〒162-8540　東京都新宿区東五軒町3番28号

［電話］03-5261-4818（営業）　03-5261-4851（編集）

http://www.futabasha.co.jp/（双葉社の書籍・コミック・ムックが買えます）

印刷・製本所　三晃印刷株式会社

落丁、乱丁の場合は送料双葉社負担でお取替えいたします。「製作部」あてにお送りください。ただし、古書店で購入したものについてはお取り替えできません。定価はカバーに表示してあります。本書のコピー、スキャン、デジタル化等の無断複製・転載は著作権法上での例外を除き禁じられています。本書を代行業者等の第三者に依頼してスキャンやデジタル化することは、たとえ個人や家庭内での利用でも著作権法違反です。

［電話］03-5261-4822（製作部）

ISBN 978-4-575-24710-7 C0093

Mノベルス

王太子に婚約破棄され捨てられた瞬間、公爵令嬢レティーシアは料理好きOLだった前世を思い出す。国外追放も同然に女嫌いで有名な銀狼王グレンリードの元へお飾りの王妃として赴くことになった彼女は、もふもふ達に囲まれた離宮で、マイペースな毎日を過ごす。だがある日、美しい銀の狼と出会い餌付けして以来、グレンリードの態度が徐々に変化していき……。コミカライズ決定！　料理を愛する悪役令嬢のもふもふスローライフ、ここに開幕！

発行・株式会社　双葉社

Mノベルス

発行・株式会社　双葉社

Mノベルス

発行・株式会社　双葉社

Mノベルス

発行・株式会社　双葉社

Mノベルス

発行・株式会社　双葉社

Mノベルス

発行・株式会社　双葉社